L'heure de l'angoisse...

SPECTRES

200 POUVOIRS DIABOLIQUES (D. Brenner Francis)
201 SOMMEIL DE MORT (D. Cowan)
202 VOIX DANS LA NUIT (J. Haynes)
203 ATTIRANCE (I. Howe)
204 L'INITIATION (R. Brunn)
205 ROSES ROUGE SANG (S. Armstrong)
206 PACTE INAVOUABLE (C. Veley)
207 PUISSANCE OCCULTE (B. Haynes)
208 SORTILÈGES VAUDOU (J. Callahan)
209 SOIF DE VENGEANCE (E. Stevenson)
210 CERCLE INFERNAL (I. Howe)
211 L'OMBRE DE L'ARBRE MORT (C. Daniel)
212 EAUX DORMANTES (C. Laymon)
213 LA CHAMBRE AUX MALÉFICES (J. Patton Smith)
214 LE REPAIRE DES MONSTRES (B. Coville)
215 LA VENGEANCE DU FEU (N. R. Selden)
216 LE MAÎTRE DE L'ORAGE (S.Netter)
217 DANSE MACABRE (L. Kassem)
218 LE CAVEAU DES MALÉFICES (J. Trainor)
219 LES FANTÔMES DU MARAIS (R. Tankersley Cusik)
220 MENACES (A. Byron)
221 LE SALON DE L'ÉPOUVANTE (S. Blake)
222 FLOTS MAUDITS (J. Trainor)
223 L'AMULETTE ENSORCELÉE (B. Coville)

JOHN SINCLAIR

chasseur de

SPECTRES

224 LA BARQUE DES MORTS
225 LES PILLEURS DE TOMBES
226 LE TRÉSOR DES DRUIDES
227 ZOMBIES SUR LA PLACE ROUGE
228 NOCES D'HORREUR
229 DESTERO, LE BOURREAU DU DIABLE
230 LA DEESSE DE LA MORT
231 LES YEUX DU BOUDDHA D'OR
232 LA DISCOTHÈQUE DU VAMPIRE
233 GOULES À MANHATTAN
234 VAMPIRES EN PIRE
235 LE ROBOT DE SATAN
236 L'ENVOÛTEMENT BARBARE
237 LE GLAS DE L'ÉPOUVANTE

JASON DARK

Le vaisseau des sorcières

Traduit de l'allemand
par Alain Royer

JOHN SINCLAIR
chasseur de
SPECTRES

HAUTE TENSION

L'édition originale de ce roman a été publiée sous le titre :

DAS HEXENSCHIFF

79, boulevard Saint-Germain, 75006 Paris.

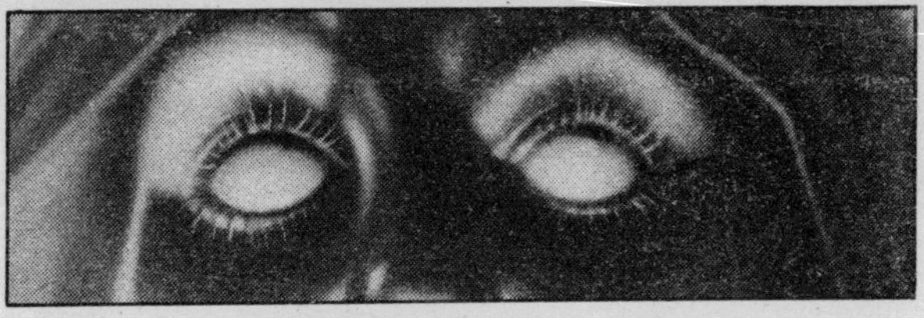

INTRODUCTION

Pour les médias, c'était le scoop de la semaine.

L'homme s'appelait Flavio Bucci et il était né quelque part en Sicile. Il avait rapidement fait la une avec une profession peu commune : médium.

Il interviewait des célébrités mortes depuis un bon bout de temps, mais désireuses, prétendait-il, de garder le contact avec notre univers... Par son intermédiaire.

De quoi faire sensation, évidemment. Mais aussi de quoi inquiéter...

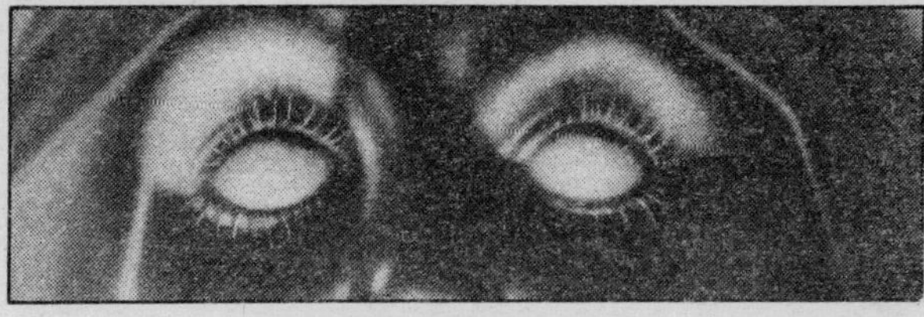

CHAPITRE 1

Chez les Gallois, la légende voulait que les orages de printemps soient les plus dangereux de l'année. On assurait, en effet, que le diable ouvrait alors les portes de son royaume et laissait échapper ses légions.

Évidemment, c'était pure superstition. Interrogeait-on un météorologue, il vous répondait que le pays de Galles possède un climat humide et de gros écarts de température propices aux tempêtes et orages, et que le diable n'y est pour rien.

Et voilà qu'un terrifiant orage venait d'éclater cet après-midi de mai. Comme toujours, les bêtes l'avaient su les premières. Les chats du village avaient quitté brusquement leur terrain de chasse favori pour aller se terrer nul ne savait où. Les chiens tiraient sur leurs chaînes, inquiets et nerveux. Ce n'est qu'un peu plus tard que les hommes décelèrent le vague malaise qui planait sur la côte.

Le ciel se couvrit vers midi.

Les nuages apparurent à l'est et l'on commença à se demander si l'orage était encore au-dessus de la mer ou s'il avait déjà atteint le rivage. Mais, de toute façon, on n'y couperait pas.

Les bêtes furent ramenées des pâturages et enfermées dans les étables. On s'inquiétait de la foudre, toujours dangereuse pour les maisons et les granges.

L'auberge du village s'appelait *Le Bout du monde*, et elle méritait bien son nom, plantée là, comme un avant-poste de la civilisation. Entre elle et la mer, il n'y avait qu'une lande aride.

Là comme ailleurs, on ne parlait que de l'orage à venir.

« C'est le premier de la saison, n'est-ce pas ? dit quelqu'un.

— Oui.

— Vous croyez qu'il sera sévère ? »

Quatre têtes se tournèrent vers celui qui venait de parler. Un étranger, de toute évidence, et dont l'attitude réservée faisait bonne impression à ces fermiers taciturnes.

« Vous n'êtes pas d'ici, monsieur ?

— Non, je suis Écossais.

— Aha... »

Il n'y avait pas là matière à commentaires. Les Gallois ont l'habitude d'être relativement neutres vis-à-vis des Écossais.

L'étranger esquissa un sourire et commanda une tournée générale. Il y eut quelques hochements de tête satisfaits et Hugol, l'aubergiste, nettoya ses verres avec entrain.

« Ce gentleman, expliqua-t-il, est courtier en whisky. Il voyage pour affaires.

— C'est exact, messieurs, reprit l'étranger. Je suis ici pour mon commerce. Et je remarque que votre aubergiste n'a pas encore passé commande de whisky ! C'est un tort. Aubergiste ! appela-t-il, servez donc de cette bouteille que je vous ai donnée en échantillon. »

L'homme s'exécuta et disposa un verre devant chacun des quatre Gallois.

L'auberge était accueillante. Un intérieur en boiseries, du carrelage au sol et des lampes à pétrole suspendues entre les poutres du plafond.

L'étranger leva son verre et porta un toast :

« Je bois à ce lieu si romantique et à tous ceux qui sont ici... »

Puis il éclata d'un bon gros rire.

Les Gallois se contentèrent de lever leur verre et de le vider consciencieusement.

« Alors, demanda le courtier, mon whisky vous plaît ? »

Ils répondirent d'un signe de tête. Oui, le whisky avait plu.

« A votre disposition, messieurs ! lança l'étranger d'une voix sonore. Permettez-moi de me présenter. Mon nom est Malt, Jerry Malt. »

L'homme était plutôt sympathique. La trentaine, une figure avenante et dynamique, des lunettes, les cheveux blonds bouclés et une moustache blonde elle aussi. Avec ses joues légèrement tombantes, il ressemblait davantage à un sportif sur le déclin qu'à un voyageur de commerce.

« Si ce whisky vous a plu, n'hésitez pas à me le dire. J'en vends aussi aux particuliers...

— Combien coûte la bouteille ? demanda un des quatre Gallois.

— Pas cher, répondit le courtier en donnant un prix défiant toute concurrence.

— Je vais en parler avec mon conseil de famille...

— Si vous commandez une caisse, vous aurez une bouteille gratuite ! précisa Jerry Malt, qui sentait le poisson mordre.

— Ça ne sera pas de refus ! lança l'intéressé.

— Je croyais que tu étanchais ta soif avec ta propre production ? observa un de ses compagnons.

— Non, non, je...

— Ne raconte pas de bobards !

— Je t'assure, c'est fini, ça ! Ma femme trouve que mon whisky brûle comme de l'acide.

— Que deviendrions-nous, nous autres, pauvres voyageurs de commerce si les femmes n'existaient pas ! fit Jerry Malt.

— Les femmes n'empêcheront jamais la terre de tourner », maugréa alors le plus misogyne des quatre, en lapant son reste d'alcool.

Un éclat de rire général accompagna ce propos. Mais la porte s'ouvrit brusquement et les rires cessèrent. Le nouveau venu arrivait des champs. Ses bottes étaient couvertes de boue et il puait la bouse de vache. Son visage semblait aussi gris que son couvre-chef enfoncé jusqu'au ras des sourcils.

« Hé ! Burns, l'interpella l'aubergiste. Que se passe-t-il ?

— Sers-moi d'abord à boire... J'ai besoin d'un whisky ! gronda le paysan en posant sur le comptoir un poing à assommer un bœuf.

— O.K., Burns, en voilà un double. »

Burns vida son verre cul sec puis s'essuya les lèvres du revers de la main en jetant un regard circulaire. Il dévisagea longuement Jerry Malt puis écarta son verre vide.

« Ça fait du bien, soupira-t-il d'une voix rauque.

— Tu en avais donc tant besoin ? ricana un des quatre Gallois.

— Ouais ! Vous avez mis le nez dehors depuis un quart d'heure ?

— Qu'est-ce qu'il y a ? s'inquiéta l'aubergiste.

— Ressers-m'en un double et allez jeter un coup d'œil, maugréa Burns en tendant son verre.

— Qu'est-ce que tu veux dire ? demanda un des Gallois en se redressant.

— Vas-y, mon vieux ! répliqua le paysan avec un geste impatient de la main. La porte n'est pas loin. J'aimerais m'amuser cinq minutes à voir la tête que vous ferez.

— Bon, bon, on y va ! » lança le buveur qui s'était levé le premier. Ses compagnons l'imitèrent.

Jerry Malt leur emboîta le pas et l'aubergiste gagna l'extrémité de son comptoir d'où il pouvait scruter l'horizon par la porte ouverte.

Les cinq hommes sortirent dans la rue et restèrent figés de stupeur. Jerry Malt eut quelque peine à avaler sa salive.

Le ciel avait viré au gris plombé, un ciel de fin du monde. Si les nuages crevaient, ce serait le déluge.

« On va prendre quelque chose ! murmura un des Gallois.

— Un bel orage, oui ! lança Jerry Malt.

— Vous avez déjà assisté à un orage de printemps au pays de Galles ? demanda un client avec un rire bref.

— Jamais, non. »

Le Gallois se frappa la poitrine.

« C'est l'enfer, monsieur. Ça, je peux vous l'assurer. Il ne vous restera plus qu'à prier en attendant que ça passe, car si le ciel ouvre ses écluses, Dieu veuille que vous n'ayez pas trop de péchés sur la conscience... Le diable joue avec le monde, monsieur, et j'en connais qui sont morts de peur...

— Vous voulez dire foudroyés ?

— Je veux dire morts de peur...

— Regardez ! cria quelqu'un. Le premier éclair. »

De fait, une langue de feu venait de zébrer les nuages loin à l'est. Instantanément, ils parurent se déchirer et les cinq hommes, muets, assistèrent au phénomène. Pendant quelques secondes, une lueur rouge sombre irisée de soufre ensanglanta la déchirure.

Les quatre Gallois n'avaient plus le cœur à parler. Deux d'entre eux serraient leurs mains l'une contre l'autre en murmurant une prière. Les deux autres avaient fait volte-face et s'étaient précipités dans l'auberge pour régler leur note, subitement pressés de rentrer chez eux.

Ils furent vite rejoints par leurs compagnons, tandis que Malt, resté seul sur le pas de la porte, découvrait que les rues du village étaient désertes. Même les animaux avaient disparu et les masures, comme écrasées sous le poids des nuages, semblaient attendre craintivement les tonnes d'eau qui allaient s'abattre sur elles.

Malt respira à pleins poumons et sentit que l'air avait changé. Plus pesant, soudain, comme chargé de miasmes et d'impuretés. D'un seul coup, le vent était tombé. Il n'y avait plus le moindre souffle d'air !

La cloche de la petite église égrena un tintement grêle, presque timide. C'était le tocsin. Malt se félicita d'avoir garé sa voiture sous l'auvent, dans la cour.

Burns fut le dernier à quitter l'auberge. Au passage, il avertit l'étranger :

« Rentrez donc, monsieur. Ça ne va pas tarder à devenir dangereux.

— J'ai l'habitude des orages, répliqua le courtier mal à l'aise.

— Pas de ceux-là ! L'enfer va ouvrir ses portes.

— Et on verra le diable ? » voulut plaisanter Malt.

Burns le dévisagea avec colère et changea soudain de ton :

« Ouais, mon vieux, le diable va montrer le bout de sa queue. Et croyez-moi, il n'est pas du genre à se préoccuper de savoir si vous avez peur de lui. Il met la main sur tout ce qui passe à sa portée. Vous entendez ? Tout ! »

Et le Gallois planta là l'étranger.

Jerry Malt rajusta ses lunettes sur son nez. Cela l'aidait toujours à réfléchir. Bon, d'accord, le ciel était impressionnant et il ne se sentait pas franchement à l'aise, mais ce n'était tout de même pas une raison pour céder à la panique. Ce fichu orage dérangeait ses projets : il avait compté partir avant la nuit pour gagner le village voisin. Il ne ferait jamais fortune s'il devait s'attarder chez chaque aubergiste.

« Vous ne voulez vraiment pas rentrer, monsieur ? demanda Hugol dans son dos.

— J'arrive, j'arrive », répondit Malt en prenant le temps d'allumer une cigarette avant de franchir à nouveau le seuil.

Hugol l'attendait avec un verre plein.

« C'est moi qui paie !

— Merci. »

L'aubergiste s'était aussi servi un verre. Malt s'arrêta devant le comptoir et déclara pensivement :

« Je ne comprends pas comment des types comme ça peuvent éprouver des frayeurs aussi enfantines.

— Vous en parlez à votre aise, soupira l'aubergiste.

— Ce n'est quand même pas si terrible, un orage ! Enfin, vous n'êtes pas les seuls à en avoir !

— Vous l'avez vu comme nous tous, non ?

— Vu quoi ?

— Quand l'éclair a déchiré les nuages... cette lueur rouge...

— Et alors ?

— C'était la lueur de l'enfer, murmura Hugol en baissant la voix. Croyez-nous, monsieur Malt, l'enfer a ouvert ses portes et le diable nous guette.

— Il se cache derrière les nuages ? ricana Jerry Malt.

— Exactement. »

L'homme avait l'air si sérieux que Jerry Malt en perdit l'envie de plaisanter :

« Servez-moi donc un whisky et prenez-en un aussi, soupira-t-il. Je vais coucher ici, ce soir. Tant pis pour mes projets.

— En principe, je ne fais pas hôtel, répondit l'aubergiste. Mais je peux mettre une des chambres des enfants à votre disposition.

— La cave me suffirait, dit Malt.

— C'est ça, et vous me videriez tous mes fûts ! »

Les deux hommes s'esclaffèrent et burent une gorgée.

« Bon, conclut Malt. Je vais voir si j'ai bien fermé les vitres de ma voiture et vous me montrerez ma chambre, d'accord ?

— A votre service. »

Jerry Malt récupéra sa mallette de représentant, une véritable cave ambulante miniature, doublée de compartiments dans lesquels il rangeait factures, bons de commande et prospectus. Puis il quitta la salle.

En sortant, il eut l'impression que la nuit était tombée. La pénombre avait envahi le village.

Quelque chose dans l'air le surprit. Malt renifla et dut se rendre à l'évidence, ça sentait le soufre. Il éternua.

Pas un chat dans les rues. Tous les habitants s'étaient terrés chez eux et attendaient. On n'apercevait aux fenêtres que la flamme vacillante des bougies, car on avait coupé l'électricité par crainte de la foudre.

Jerry soupira en épongeant la sueur qui perlait à son front. La chaleur était presque intolérable. On se serait cru sous les Tropiques.

Il contourna l'auberge et se dirigea vers sa voiture, un break Volvo dont l'arrière était bourré de cartons de bouteilles. Il l'avait garée sous un arbre, emplacement dangereux en cas d'orage. Aussi alla-t-il la ranger le long d'un mur.

Au moment où il descendait de voiture, une bourrasque le bouscula avec une telle violence qu'il manqua perdre l'équilibre et dut se retenir à la portière.

« Bigre, ça risque d'être vraiment sérieux ! » maugréa-t-il en contournant la Volvo pour récupérer sa valise.

Un éclair illumina le ciel au moment où il soulevait le hayon. Puis le tonnerre lui fracassa les oreilles.

« Je comprends qu'ils aient peur de leurs orages », pensa-t-il en empoignant sa valise.

Il leva les yeux vers le ciel. Des nuages échevelés menaient la sarabande et une lueur d'un rouge intense violaçait leurs bords moutonneux. Le feu de l'enfer ?

Jerry hocha la tête, ferma sa voiture à clé et reprit le chemin de l'auberge.

Un nouvel éclair, plus aveuglant que le précédent, lui fit presser inconsciemment le pas. Cette fois, le grondement du tonnerre lui parut anormalement sourd et, presque aussitôt la pluie se mit à tomber. Un vrai déluge. En quelques pas, Jerry Malt fut trempé jusqu'aux os.

La lueur rouge dans le ciel parut soudain s'enflammer, et Jerry resta bouche bée. Les gouttes de pluie elles-mêmes étaient rouges !

Malt se figea sur place et se passa la main sur le visage. Lorsqu'il regarda sa paume, elle était rouge elle aussi.

Il pleuvait du sang.

Le courtier crut vivre un mauvais cauchemar. Non, ce n'était pas possible, il allait se réveiller. Tout cela n'était qu'illusion.

Il se mit à l'abri d'un petit auvent et observa la pluie, les yeux agrandis de surprise, au bord de l'égarement.

De nouveau, il examina sa main. Pas de doute, elle était bien recouverte d'un liquide rouge. Il balbutia quelque chose, tout en scrutant désespérément la rue qu'estompait un rideau de pluie. Les gouttes d'eau crépitaient contre l'asphalte et des torrents d'eaux rouges s'étaient formés dans les caniveaux.

Malt éclata d'un rire nerveux, le visage crispé par l'angoisse.

Il lui fallait se persuader qu'il assistait à un phénomène atmosphérique encore inédit. Une sorte de pluie acide dont on parlait beaucoup ces derniers temps dans la presse.

Mais jamais personne n'avait parlé de couleur rouge.

L'eau ruisselait sur son visage. Machinalement, Jerry Malt se passa la langue sur les lèvres et le goût du liquide le surprit.

Acide et sucré à la fois, vaguement répugnant.

Jerry se refusait encore à admettre l'évidence : il pleuvait bien du sang. Un coup de vent brusque balaya la pluie qui heurta de plein fouet le mur de l'auberge. Malt se sentit mitraillé par mille fléchettes et presque instantanément ses vêtements changèrent de couleur.

A sa droite, une fenêtre ruisselait de sang comme dans le plus insoutenable des films d'horreur. La cour de l'auberge était inondée et la bouche d'égout refoulait cette masse liquide qu'elle ne pouvait absorber. Malt sentit son cœur se soulever.

Il se rua à l'intérieur de l'auberge pour découvrir Hugol pétrifié près de la table où avaient bu les quatre Gallois. Il semblait tétanisé, et fixait, hagard, la fenêtre dont les carreaux étaient devenus opaques de sang.

Le bruit de la porte fit sursauter l'aubergiste et il dévisagea un instant le courtier avec stupéfaction. Lorsqu'il reconnut son client, son visage se crispa comme sous l'effet d'une violente douleur et il se mit à trembler. Il recula jusqu'au bar, mains tendues en direction de la fenêtre, et bredouilla :

« Là... Là... Vous avez vu, la pluie, c'est... »

Jerry Malt était en train de reprendre son souffle. Il dégoulinait de sang de la tête aux pieds et paraissait à la limite de l'évanouissement.

« Est-ce que c'est vraiment du sang ? cria-t-il à l'aubergiste. Est-ce qu'il pleut du sang ? Répondez, nom de Dieu !

— Oui, oui... non... je ne sais pas... gémit l'autre.

— Alors, qu'est-ce que c'est ? hurla le courtier en marchant sur l'aubergiste, qui esquissa un geste de défense.

— Je vous en prie, pas de questions !

— Et comment que je vais vous poser des questions ! vociféra Jerry Malt en empoignant Hugol par le collet et en le secouant comme un prunier. Je te demande si c'est du sang, et tu vas me répondre. C'est pour ça, hein, que vous êtes tous terrés au fond de vos fichues masures. Vous creviez de trouille, tout à l'heure, c'est pour ça ? »

L'aubergiste se cramponna au bar et serra les lèvres, refusant obstinément de répondre.

« Alors, c'est du sang, oui ou non ? »

Malt devenait hystérique. Hugol comprit

qu'il allait perdre la tête pour de bon et devenir dangereux. Il se décida à parler :

« Oui, c'est du sang, balbutia-t-il. Et non, ce n'en est pas. »

Jerry relâcha Hugol et le dévisagea, partagé entre la fureur et le mépris. L'homme lui parut pitoyable, à demi mort de terreur. En jetant un bref regard derrière lui, le courtier vit qu'il avait laissé une longue trace sanglante sur le sol.

« Qu'est-ce que ça veut dire : oui et non ?

— C'est la malédiction, soupira Hugol.

— Quelle malédiction ?

— Oh ! une histoire très ancienne. Je ne sais pas trop de quoi il s'agit, mais ce n'est pas du sang humain.

— Alors quoi ? De l'eau colorée ?

— Non plus. »

Jerry Malt se demanda une seconde s'il n'était pas tombé dans une région peuplée de déments. Il empoigna de nouveau l'aubergiste par les épaules et le força à le regarder droit dans les yeux.

« Parle !

— Vous voulez mourir ? demanda l'aubergiste dans un souffle.

— Bien sûr que non ! Pourquoi cette question ?

— C'est cette pluie, gémit de nouveau Hugol. Cette maudite pluie... Le jour de la vengeance est arrivé. C'est la pluie rouge qui l'annonce. Nous allons tous mourir... » Puis il se tut et prit une profonde inspiration, avant d'ajouter : « Le reste va suivre et personne n'y échappera. Nous savons cela depuis des générations. Nos ancêtres nous ont prévenus et à chaque orage nous redoutons la vengeance de l'enfer...

— Assez de sornettes ! L'enfer, ça n'existe pas.

— Retournez dehors, si vous ne me croyez pas. Que se passe-t-il à votre avis ? »

Jerry Malt dut faire un effort sur lui-même pour retrouver un peu de son calme.

« Écoutez, j'ai besoin de deux choses : une explication cohérente de ce qui se passe, et une douche. Ce truc commence à sécher et c'est plutôt désagréable. Allez, Hugol, je vous écoute.

— Ça ne servirait à rien que je vous donne une explication. Vous verrez bien par vous-même.

— Je vous préviens, je ne mettrai plus le nez dehors.

— Regardez par la fenêtre. Ça suffira. »

Hugol fit quelques pas en direction de la fenêtre. Il avait tout à coup la démarche lourde d'un vieil homme. Il poussa un profond soupir et resta immobile, le nez contre les carreaux.

« Venez, monsieur. Venez voir vous-même. Vous ne me croirez pas. »

En disant ces mots, il avait penché la tête de côté, le regard fixé vers le ciel. Jerry vint près de lui. Il entendit la pluie tambouriner contre les vitres. Tout en haut, on pouvait vaguement voir au travers.

« Regardez ! fit Hugol.

— Quoi ? Je ne vois que du rouge.

— Rien d'autre ?

— Non. Il pleut, c'est tout.

— Ce n'est pas de la pluie, corrigea l'aubergiste. Cette lueur rouge entre les nuages... L'enfer a ouvert ses portes et...

— Ah ! vous n'allez pas recommencer ! s'insurgea le courtier.

— Ce n'est pas ce que je voulais dire. Regardez, l'enfer nous a envoyé quelque chose qui va nous détruire.

— Arrêtez de...

— Bon sang, regardez ! cria l'aubergiste. Ah ! mon Dieu, la prophétie s'est réalisée. »

Il plaqua ses mains contre son visage en titubant comme un homme ivre, puis tomba à genoux.

Jerry Malt se désintéressa de lui et chercha à découvrir ce qu'avait vu Hugol. Et le vit. Et il comprit pourquoi l'aubergiste s'était effondré. Il recula précipitamment et se mit à trembler.

« Alors, vous avez vu ? demanda Hugol en se tournant vers lui.

— Oui.

— Vous avez compris ? »

Les yeux perdus dans le vide, Malt secoua la tête et murmura d'une voix sourde :

« Non, je ne comprends pas.

— Ce que vous venez d'apercevoir, c'est l'*Esmeralda*, le vaisseau des sorcières. »

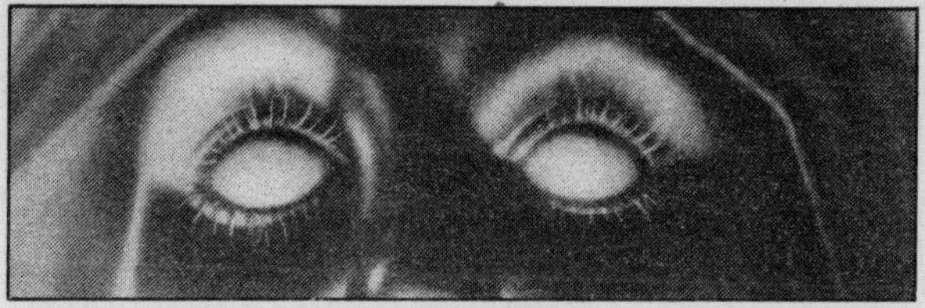

CHAPITRE 2

Depuis qu'Asmodée avait osé s'attaquer à Sheila, sa femme, le journaliste Bill Conolly ne pouvait plus supporter les médiums. Et ceux qui affirmaient être en rapport avec le royaume des morts l'exaspéraient particulièrement. Pour Sheila, c'était comme ça que les choses avaient commencé.

Aussi, lorsque Flavio Bucci se mit à faire parler de lui, je ne tardai pas à voir mon vieil ami débarquer à l'improviste. Nous avions déjà eu l'occasion de discuter ensemble du personnage. Bill revint aussitôt à la charge.

« John, tu devrais t'occuper de ce type.

— Pourquoi cela ? Je n'ai aucune raison de m'intéresser à lui.

— John, je t'en prie ! »

Je chassai une poussière imaginaire sur mon bureau et regardai Bill bien en face :

« Écoute-moi bien, mon vieux. Tu as des préjugés contre lui. Tu te laisses influencer...

— C'est possible. Mais tu ne me retireras pas de l'esprit que ce type n'est pas clair...

— Bill, sais-tu combien il y a de bonshommes, rien qu'à Londres, qui prétendent être en contact avec l'Au-delà ?

— D'accord. Mais reconnais que ce Bucci fait plus de bruit à lui seul que tous les autres réunis...

— C'est vrai, soupirai-je avec une grimace. Mais nous ne pouvons rien contre les feuilles de chou à sensations !

— John, c'est une affaire sérieuse, je t'assure. »

Je n'eus pas le temps de répliquer. La porte s'ouvrit sur Pang Lim hilare.

« Alors ? demanda-t-il. Vous avez réussi à vous mettre d'accord ?

— Impossible, soupira Bill. John est têtu comme une mule.

— Ça, on le sait. Il refuse de te croire ?

— Écoutez, soupirai-je. Si vous avez envie

d'enquêter sur Bucci, allez-y. Rien ne t'empêche de donner un coup de main à Bill, Pang Lim.

— Ce serait de bon cœur, mais j'emmène Shoa au théâtre ce soir.

— Vous irez un autre soir ! s'écria Bill.

— Impossible ! Il faut réserver les places deux mois à l'avance.

— Bon, bon, j'ai compris, maugréa le journaliste.

— Allez, John, un bon mouvement, ironisa Pang Lim. Montre que tu as du cœur, toi aussi ! Tu ne vas pas laisser ton vieil ami dans l'embarras. Après tout, peut-être s'agit-il vraiment de quelque chose de sérieux.

— Il ne s'est rien passé jusqu'à maintenant, n'est-ce pas ? demandai-je à Bill.

— Rien, fit Bill d'un air maussade.

— Alors ?

— Il *va* se passer quelque chose !

— Et quoi, s'il te plaît ?

— Je n'en sais rien précisément, mais on m'a prévenu. Savez-vous que Bucci écrit avec du sang ?

— Vraiment ? fis-je en tendant une oreille intéressée.

— On dit que son stylo laisse tomber des gouttes de sang...

— Ou d'encre rouge... m'esclaffai-je.

— J'aimerais en avoir le cœur net, insista Bill.

— Et c'est pour ça que tu as besoin de moi ?

— Oui, et j'ai pris rendez-vous pour nous deux.

— Je te remercie de me prévenir. Pour quand ?

— Dans une heure ! »

Pang Lim éclata de rire en me voyant grincer des dents. Bill se contenta de sourire du bon tour qu'il venait de me jouer.

Je me levai pour aller jeter un coup d'œil songeur à la fenêtre.

« Tu sais, insista Bill. J'ai eu encore l'occasion, hier, de discuter de Bucci... Avec la Grand-Mère de l'Horreur soi-même. Elle s'intéresse beaucoup à lui. D'ailleurs, elle est allée le voir.

— Bon, grognai-je. Si la Grand-Mère de l'Horreur s'en mêle, je suppose que je dois le faire moi aussi, n'est-ce pas ? »

Dans le couloir nous tombâmes sur Sir James, le superintendant de Scotland Yard.

« Vous partez bien tôt, ce soir, nous lança-t-il avec le sourire des jours où il avait sa partie de bridge.

— Nous sommes en mission. Nous nous occupons d'une affaire délicate.

— Ah ! Et on peut savoir son nom, à cette affaire ?

— Flavio Bucci. »

Le visage du superintendant se crispa comme s'il venait d'avaler un verre de vinaigre.

« Ah ! non, soupira-t-il, excédé. Vous n'allez

pas vous y mettre, vous aussi. La presse à scandale, ça suffit !

— Euh... fit Bill. C'est une affaire privée.

— C'est vrai, John ?

— Plus ou moins, répondis-je pour ne pas mettre mon ami dans l'embarras.

— Après tout, vous êtes assez grands pour savoir ce que vous faites », soupira Sir James avec un haussement d'épaules.

Il nous salua d'un bref signe de tête et poursuivit son chemin. Sans doute allait-il à son club, où il passait l'essentiel de ses soirées avec quelques vieux garçons de ses amis.

« Quelle voiture prenons-nous ? demandai-je en pénétrant dans l'ascenseur.

— Chacun la nôtre.

— Pourquoi ?

— Parce que Bucci habite près de Battersea Park, et que ce n'est pas très loin de chez moi.

— D'accord. »

Nous fûmes pris dans les embouteillages jusqu'au pont de Chelsea. En longeant le parc, je regrettai de ne pouvoir aller m'y promener pour bénéficier de la clémence du temps printanier.

Bill roulait devant et je m'efforçai de le suivre, ce qui n'était pas toujours facile. Après avoir emprunté quelques rues plus calmes, nous arrivâmes enfin à destination.

Flavio Bucci habitait une vieille maison, une sorte de villa enfouie dans un grand jardin au milieu d'arbres en fleurs. J'aperçus une Jaguar garée devant le perron, ce qui ne me surprit guère. Un tel battage médiatique ne pouvait que rapporter de l'argent. Bill se gara juste derrière et descendit de voiture.

« C'est là, me dit-il en venant à ma rencontre.

— Merci, je m'en doutais.

— Ne fais pas la tête. Si nous sommes venus pour rien, je t'invite à dîner.

— D'accord. Gare à l'addition. »

Flavio Bucci vint nous ouvrir en personne. Il tenait en laisse un dogue allemand, une bête splendide. Le chien grognait, la gueule entrouverte, et je vis passer dans son regard une lueur déplaisante.

« Du calme, Cerbère », chuchota Flavio Bucci.

Le chien se tut immédiatement, mais il continua à nous observer avec méfiance.

Tandis que Bill et notre hôte échangeaient quelques mots, j'en profitai pour observer ce dernier. Il ne me fit au premier abord aucune impression particulière. Il était chauve, la soixantaine, une barbe grise taillée en pointe avec soin. Il portait une veste d'intérieur en soie sombre et un pantalon blanc.

« Entrez », dit-il enfin en s'effaçant pour nous laisser passer.

Nous pénétrâmes dans un hall aux meubles sombres dont le style convenait aux origines italiennes de Bucci. J'aperçus, posé sur une vitrine, un vase de cristal d'où s'échappait un bouquet de fleurs printanières.

La maison était fraîche et je notai son odeur singulière. Mais peut-être n'était-ce que le parfum des rhododendrons et des arbres en fleurs... La pièce où il avait coutume de travailler et de recevoir était vaste, et ornée d'un splendide bureau de laque noire.

Le maître prit place dans un fauteuil de cuir dont le dossier dépassait sa tête d'une bonne vingtaine de centimètres, et nous indiqua deux autres fauteuils confortablement rembourrés. Durant quelques secondes, personne n'ouvrit la bouche. Seule la respiration un peu haletante du chien troublait le silence.

Flavio Bucci prit tout son temps pour nous dévisager d'un regard aigu, qu'il avait dû travailler longuement, pour impressionner ses clients... Mais avec moi, ça ne marchait pas, et je ne pus m'empêcher de sourire. Il dut s'en apercevoir, car il me demanda avec un certain agacement :

« Ainsi, vous êtes John Sinclair.

— Pour vous servir », dis-je avec une petite inclinaison de la tête.

Il eut un rire bref.

« Naturellement, j'ai entendu parler de vous. Vous êtes une célébrité à Londres... Quand on s'occupe, comme moi, de surnaturel, on ne peut pas ignorer votre existence. »

Je hochai la tête.

« Que pensez-vous de mon travail ? lança-t-il avec bonhomie, en balançant entre ses doigts un fin stylomine d'argent. Êtes-vous sceptique ?

— Disons que je ne suis pas un admirateur inconditionnel... »

Bucci fit semblant de s'indigner. Il jeta son stylo devant lui.

« Et vous êtes là pour que j'essaie de vous convaincre ?

— Pas du tout.

— Alors, puis-je connaître les raisons de votre visite ?

— C'est une idée à moi, intervint Bill. C'est moi qui voulais vous connaître.

— Tiens donc ! s'exclama Bucci. Je constate une nouvelle fois que les journalistes sont décidément de grands enfants curieux. Eh bien, que voulez-vous savoir ?

— J'ai entendu dire que vous écriviez avec du sang. »

Flavio Bucci renversa la tête en arrière et éclata d'un rire sonore.

« Tout cela n'est qu'exagération médiatique, mon cher monsieur Conolly ! s'écria-t-il. Vous devriez le savoir. Je peux vous assurer que mes instruments de travail sont de vulgaires stylos à encre ordinaire, ou des feutres.

— Excusez-moi d'insister, fis-je. Mais j'aimerais que vous le prouviez.

— Vous voulez que je me mette à écrire devant vous ?

— Oui.
— Vous y allez un peu fort, non ?
— N'est-ce pas votre métier d'écrire ? »
Bucci prit alors un air de pintade effarouchée et me lança avec hauteur :
« Monsieur, écrire est une vocation et non un métier. Je suis un artiste, je dois me sentir inspiré...
— Vous ne pouvez pas écrire sur commande, c'est ça ?
— Exactement. »
Je me redressai en prenant appui sur les bras de mon fauteuil, puis je soupirai, l'air hypocritement navré :
« Si vous vous montrez aussi peu coopératif, il est inutile que nous nous attardions. Cette visite n'a plus aucun sens, et je ne voudrais pour rien au monde vous faire perdre votre temps.
— Ne soyez donc pas aussi susceptible ! s'écria Flavio Bucci avec un geste apaisant. Je n'ai pas dit que je me refusais à écrire. Je voulais simplement vous signifier qu'il me fallait un peu de temps pour me préparer. »
Je me rassis tandis qu'il nous proposait quelque chose à boire. Je déclinai l'offre, Bill aussi. Bucci pressa alors l'interrupteur d'une lampe de bureau, création d'un designer en vogue : une sorte de boule accrochée au bout d'une tige décrivant un arc de cercle. Elle n'éclairait qu'une toute petite portion du bureau. Juste l'endroit où était posée une feuille blanche.

Sans nous quitter des yeux, Flavio Bucci dévissa le capuchon d'un stylo plaqué or, qu'il tenait comme un prestidigitateur sa baguette.

« Jusqu'ici, tout est normal, n'est-ce pas ? »

Et il traça quelques mots. J'entendis la plume crisser sur le papier et je vis... de l'encre bleue !

« Satisfaits ? » nous demanda-t-il.

Nous ne répondîmes pas.

« Comprenez-moi, reprit-il. Pour écrire, j'ai besoin du calme absolu.

— Évidemment ! » répondit Bill avec une certaine déception dans la voix.

Flavio Bucci poussa un profond soupir. Son front se plissa et il leva les yeux vers le plafond, comme s'il cherchait à y lire les secrets de l'univers.

Je l'observais avec attention. La tête renversée en arrière, il remuait les lèvres et marmonnait des mots incompréhensibles. Sans doute était-il entré en contact avec un de ces morts célèbres dont il affirmait être le correspondant. J'avais déjà eu l'occasion d'assister à pas mal de scènes de ce genre, et je me souvenais particulièrement de Tanith, qui m'en avait fait voir de toutes les couleurs. Mais, ici, je ne m'attendais pas à grand-chose. Bucci se concentra cinq bonnes minutes.

Tout à coup, il fut parcouru d'un long frisson, puis se raidit, et j'entendis la voix de Bill me chuchoter :

« Ça y est ! »

Le journaliste avait raison. Flavio Bucci joua quelques secondes avec son stylo, puis, le regard brillant, il se pencha au-dessus de la feuille et commença à écrire. L'atmosphère avait changé et je levai un sourcil étonné. Le médium écrivait à une telle vitesse que c'était comme si une force surnaturelle guidait sa main.

Bill et moi échangeâmes un coup d'œil. L'encre qui sortait du stylo était toujours aussi bleue.

Bucci remplit une page, la jeta négligemment sur le sol, en entama aussitôt une nouvelle. Il se tenait penché sur sa feuille de telle sorte que je voyais nettement la peau de son crâne, très fine et sillonnée de veines. Il continua à écrire à la vitesse d'une machine. Lorsqu'il eut terminé cette deuxième page, il la jeta elle aussi. Je la récupérai sans qu'il s'en aperçoive.

Elle était écrite dans une langue qui ressemblait fort à du latin, et l'écriture était presque illisible.

« John, regarde ! » s'écria tout à coup Bill en me désignant la feuille posée devant Bucci.

Les lignes qu'il venait de tracer étaient rouges.

Mais était-ce vraiment du sang ? Je restai quelques secondes perplexe, tandis que Bill triomphait...

« Tu sais, son stylo est peut-être bicolore... »

Bill haussa les épaules. Je me levai et m'approchai de Bucci. Il m'entendit contourner son bureau et cessa d'écrire. Sa main demeura inerte sur la feuille où il n'avait tracé que trois lignes. Bill se leva à son tour et me rejoignit.

Personne ne souffla mot. Nous restâmes ainsi une longue minute, puis le médium rompit le silence.

« Votre présence m'empêche de poursuivre. Mon correspondant...

— Quel correspondant ? » demanda Bill.

Je voulais en avoir le cœur net. Bucci essayait-il de nous faire prendre des vessies pour des lanternes ? Sans lui demander la permission, je posai mon index sur "l'encre" encore fraîche. Puis je goûtai.

C'était du sang !

Aucune erreur possible. Je lançai un coup d'œil à Bill par-dessus la tête de Bucci, et il comprit au quart de tour. Un large sourire s'épanouit sur sa face de renard.

« Pourquoi avez-vous cessé d'écrire, monsieur Bucci ? » insista-t-il.

Le médium ne répondit pas, mais sa main, elle, réagit. Je fus néanmoins surpris de la voir, non pas écrire mais dessiner. D'abord des traits sans signification, dans lesquels, cependant, je ne tardai pas à distinguer la coque d'un navire. Bientôt je vis apparaître les mâts, au nombre de deux, les agrès et je compris qu'il s'agissait d'un voilier de l'ancien temps.

Un visage apparut sur la grand-voile, qui ressemblait fort à celui du... diable !

« Monsieur Bucci, demandai-je d'une voix pressante, quel est ce bateau ? Pourquoi l'avez-vous dessiné ?

— Il... il lui appartient.

— A qui ?

— A celle qui guide ma main.

— Dites-nous son nom.

— Non, non ! C'est impossible. J'essaie mais je ne parviens pas à le prononcer...

— Donnez-nous ce nom ! » m'écriai-je avec force.

Il leva les yeux vers moi et me dévisagea comme s'il ne m'avait jamais vu. Puis son regard devint fixe et j'eus l'impression qu'il voyait au travers de moi comme si j'étais transparent.

« Je ne peux pas, répéta-t-il dans un souffle.

— Alors écrivez-le, monsieur Bucci, proposa Bill.

— L'écrire... Oui, peut-être...

— S'il vous plaît, faites un effort ! »

Il tenta de remuer la main. Mais alors qu'elle m'avait paru quelques instants plus tôt légère et docile, elle semblait tout à coup de plomb.

« Elle ne veut pas, soupira le médium. Elle ne veut pas que je fasse ça.

— Faites appel à toute votre énergie. Essayez d'être plus fort qu'elle. »

Je le vis lutter et je ne doutai plus de sa sincérité. Cet homme était visiblement sous l'emprise d'un pouvoir maléfique redoutable. La sueur perlait à son front et il devait fournir un effort surhumain pour obliger sa main à écrire.

Il parvint à tracer un W, puis soupira en secouant la tête comme sous l'effet d'une violente souffrance. Mais il traça néanmoins un I.

Je n'osais plus rien dire, de peur de briser le fragile équilibre entre lui et son contact surnaturel. Lorsqu'il traça une troisième lettre, Bill chuchota :

« W...I...K... WIK... »

Un nom me vint aussitôt à l'esprit : WIKKA !

Les deux lettres suivantes confirmèrent mon intuition.

WIKKA !

« J'ai réussi ! » souffla Flavio Bucci, aussi épuisé qu'un sportif à l'issue d'un match acharné.

Puis il se laissa aller contre le dossier de son fauteuil après avoir posé son stylo. Presque aussitôt celui-ci se brisa avec un claquement sec, et du sang en jaillit...

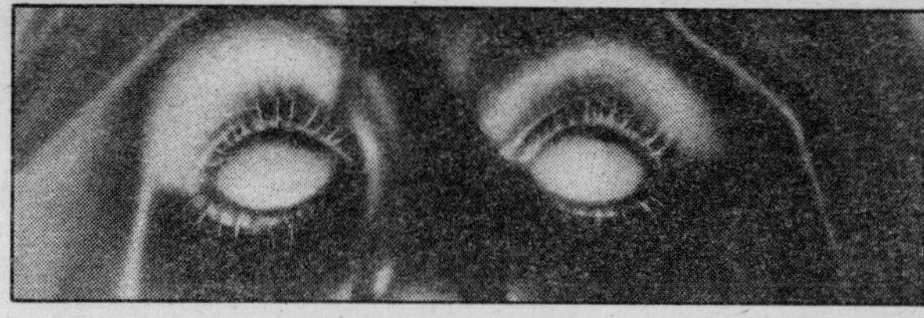

CHAPITRE 3

Ils étaient assis face à face, dévorés d'angoisse et parfaitement conscients qu'ils ne pouvaient rien l'un pour l'autre.

Jerry Malt avait complètement oublié son envie de prendre une douche. Le sang avait séché sur son visage, ses mains, ses vêtements.

Ce n'était pas du sang humain.

« Dites quelque chose ! cria-t-il à l'adresse de l'aubergiste. Je *dois* savoir ! »

Hugol eut un ricanement sinistre.

« Que voulez-vous que je vous dise ? C'est trop tard. C'est fini, raté. L'*Esmeralda* est là et nous sommes perdus !

— Il est dans les nuages, votre maudit voilier ! gronda le courtier.

— Et alors ? Vous croyez qu'il va y rester ? Il va descendre ! grinça l'aubergiste avec un geste significatif du pouce. Il va descendre sur la terre, je vous l'assure. Et pour notre malheur à tous ! »

Malt se leva et gagna la fenêtre. Il pleuvait toujours.

« Si seulement je pouvais savoir ce que c'est que ce sang ! » explosa-t-il en donnant un coup de poing sur le chambranle.

L'aubergiste répondit enfin, dans son dos :

« Du sang de démon ! Du sang de sorcière, du sang répugnant, immonde...

— Ben voyons ! s'esclaffa Malt en faisant volte-face. Des sorcières chevauchant leur balai... Comment n'y avais-je pas pensé plus tôt, hein ?

— Ne vous moquez pas ! lança Hugol d'une voix rauque. Ne vous moquez pas !

— Votre vaisseau dans les nuages, c'est une illusion, un mirage ! cria Malt en colère.

— Vous l'avez vu comme moi !

— Et alors ? »

Les nerfs des deux hommes étaient tendus à craquer. L'aubergiste dévisagea le représentant comme s'il allait lui sauter dessus.

« Mais regardez, regardez donc ! Il est encore là, et il restera là jusqu'à ce que la malédiction soit accomplie ! Leur vengeance sera sans pitié. Nos ancêtres ont commis la faute, mais c'est sur nos têtes qu'elle retombe. C'est nous qui allons payer !

— Expliquez-vous, nom de Dieu !

— C'est une longue histoire, soupira l'aubergiste. Et si vous ne me croyez pas, à quoi bon vous la raconter ?

— Je n'ai rien d'autre à faire qu'à vous écouter, ricana Jerry Malt, impressionné malgré lui. Servez-moi un verre. »

Hugol lui jeta un regard haineux. La tension entre ces deux hommes si différents pouvait dégénérer d'un moment à l'autre. Ils le sentaient et s'en voulaient de le savoir.

« Faites ce que vous voulez, je m'en fiche ! cria Hugol. Soûlez-vous, si vous pensez que vous aurez moins la trouille. Qu'importe, puisque nous allons mourir !

— Vous, pas moi ! Je n'ai rien à voir avec votre histoire de malédiction.

— C'est ce que vous croyez ! ricana l'aubergiste. Les sorcières ne feront pas de détail. Elles vous embarqueront comme les autres. »

Jerry Malt empoigna la bouteille qu'il avait apportée et remplit son verre.

« Vous en voulez ?

— Non !

— Tant pis pour vous.

— Je crois qu'il a cessé de pleuvoir, déclara

l'aubergiste d'une voix rauque, le regard fixé sur la fenêtre.

— Excellent ! lança Malt sans préciser s'il parlait de la pluie ou du whisky. Vous verrez, nous trouverons une explication à tout cela... »

Le courtier se dirigea vers la porte d'un pas légèrement titubant. Il avait trop bu depuis une heure. Sa démarche amena un sourire méprisant sur les lèvres de Hugol.

Jerry Malt n'était plus qu'à trois pas de la porte lorsque "ça" se passa. Un coup violent ébranla l'huis qui trembla sur ses gonds. Le courtier s'immobilisa comme frappé par la foudre. Il se tourna vers l'aubergiste et demanda d'une voix blanche :

« Qu'est-ce que c'est ?

— Je vous l'ai dit, répondit Hugol frémissant. Les sorcières viennent nous chercher.

— Celles du vaisseau fantôme ?

— Qui d'autre ? »

Malt haussa les épaules, mais cette fois la peur était installée en lui. Il s'aperçut que ses mains tremblaient. L'aubergiste le vit aussi et, de nouveau, sa voix se fit ironique :

« Vous ne sortez plus ?

— Venez avec moi.

— Si vous voulez. Ici ou là... »

Partagé entre la curiosité et la peur, Jerry Malt se souvint qu'il possédait une arme, mais elle était restée dans la voiture. C'était un pistolet à gaz qu'il avait accepté de la part d'un client incapable de lui régler sa note.

Il parvint à faire jouer le loquet et tira la porte à lui. Ce qu'il découvrit tenait plus du fantastique que du monde réel. On n'entendait aucun bruit, mais ce silence était celui de la fureur contenue d'une force maléfique, prête à fondre sur le village. Jerry Malt en eut la chair de poule et prit une profonde inspiration. L'air avait une odeur étrange, à la fois douce et sucrée. Il n'y avait personne devant la porte. Qui donc avait pu frapper aussi fort ? Un esprit ?

La rue était vide, recouverte d'une couche de boue brun sombre, la couleur caractéristique du sang en train de coaguler. Le courtier sentit dans son cou l'haleine de l'aubergiste.

« Vous voyez quelque chose ?

— Non, rien.

— Et le vaisseau ? »

Jerry leva les yeux au ciel. Les nuages illuminés par la lueur rouge couraient dans le ciel, mais on n'y voyait nul vaisseau fantôme !

« Il n'y est plus, souffla-t-il.

— Vous n'avez pas bien regardé, ricana Hugol. Tournez la tête vers la gauche. »

Jerry Malt expira lentement. Il sentait son courage lui revenir. Ils avaient eu une vision et cet imbécile d'aubergiste, la tête farcie d'histoires de bonnes femmes, était parvenu à lui faire perdre son sang-froid. Il haussa les épaules et avança sur le pas de la porte. Il tourna la tête vers la gauche.

Son cri étouffé fit sursauter Hugol qui sortit à son tour.

« J'en étais sûr, haleta-t-il. Le vaisseau des sorcières s'est posé ! »

Jerry le regarda. Son visage était gris de terreur.

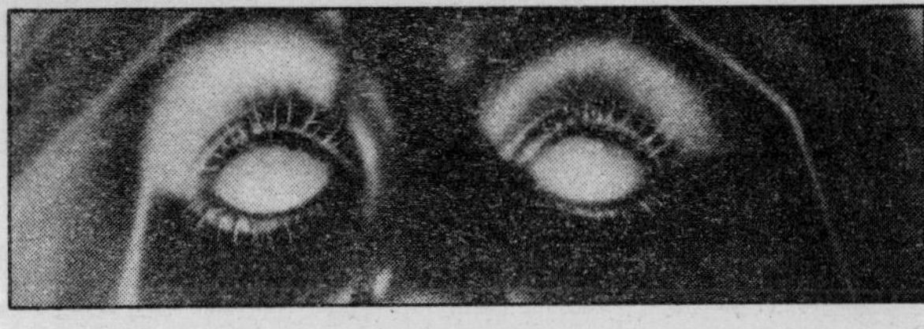

CHAPITRE 4

J'avais fait instinctivement un bond de côté lorsque le stylo avait explosé. Bill aussi. Le bureau était maculé de sang.

« Wikka... murmura Bill. Je croyais pourtant que cette maudite sorcière était définitivement hors de combat. »

Moi aussi, je le croyais, me rappelant ce jour où, capturés sur une planète magique, nous n'avions réussi à sauver notre peau que grâce à l'intervention de Pang Lim, qui en avait profité pour éliminer Wikka.

Depuis lors, je n'avais plus entendu parler d'elle... Aussi étais-je perplexe. Si elle réapparaissait, qu'allait-il se passer ?

Deux indices nous menaient à elle : un dessin de navire et son nom. Le tout était de savoir les utiliser. Je jetai un coup d'œil sur Flavio Bucci, écroulé sur son bureau. Un instant, je craignis qu'il fût mort, mais son pouls battait normalement.

« Je vais chercher un verre d'eau », déclara Bill.

J'approuvai de la tête et, tandis que mon ami disparaissait, j'appuyai notre hôte contre le dossier de son fauteuil. En réalité, il n'avait pas perdu connaissance ; il était tout simplement à bout de forces.

« Vous m'entendez, monsieur Bucci ? » demandai-je.

Il poussa un soupir qui pouvait passer pour un acquiescement. Bill réapparut, un verre d'eau à la main.

« Alors ?

— Ça ira, il est seulement exténué. »

Je glissai le verre entre les lèvres du médium. Bucci but quelques gorgées, puis ouvrit les yeux. Je lus dans son regard qu'il était probablement désarmé et ne savait trop quelle attitude adopter à notre égard. Je jetai un coup d'œil à son chien. La bête somnolait paisiblement à nos pieds.

Le médium récupéra assez vite.

« Alors ! s'exclama-t-il un peu plus tard avec une pointe de jubilation dans la voix. Vous êtes convaincus que je ne suis pas un charlatan ?

— Oui, oui, fis-je sans restriction.

— Vous m'en voyez satisfait.

— Comment vous sentez-vous ? »

Il allait me répondre lorsque son regard se posa sur la tache de sang qui maculait son bureau.

« D'où cela vient-il ?

— De votre stylo, monsieur Bucci », expliqua Bill.

Le médium eut une grimace douloureuse et se passa la main sur son crâne lisse comme une boule de billard.

« Elle l'a détruit, murmura-t-il. Je m'en doutais. Les pouvoirs de l'Au-delà sont immenses et je me suis trop approché d'une zone dangereuse. Je le savais depuis quelques jours.

— Qu'entendez-vous par là ?

— Il existe des signes qui vous permettent de savoir jusqu'où on peut aller trop loin, monsieur Sinclair. Je n'ai pas voulu en tenir compte, c'est une faute.

— Avez-vous déjà eu affaire à Wikka ? demandai-je à brûle-pourpoint.

— Jamais, non.

— Nous la connaissons, mon ami et moi. C'est une sorcière redoutable, morte il y a quelques années...

— Et voilà qu'elle vient d'entrer en contact avec vous depuis l'Au-delà, poursuivit Bill. Est-ce vraiment la première fois ? Réfléchissez bien.

— Oui. Je sentais depuis plusieurs jours qu'il y avait quelque chose dans l'air. Une sorte d'appel indéfinissable. Votre visite a dû précipiter le contact...

— Et ce dessin de bateau ? demandai-je. De quoi s'agit-il exactement ? Le savez-vous ?

— Oui. C'est l'*Esmeralda.* »

Le bonhomme devenait vraiment intéressant. Il enchaîna sans que nous ayons à le lui demander :

« L'*Esmeralda* est un vieux navire. Un voilier qui fut, jadis, victime d'une malédiction. Mais j'ignore ce qui s'est passé réellement. C'était au pays de Galles, je crois. Oui, c'est cela, sur la côte galloise. Mais je ne peux vraiment pas vous en dire plus. Cela a dû être quelque chose d'assez terrible... »

Je fis une ultime tentative :

« Vous ne pouvez rien dire d'autre ? Faites un effort.

— Non. Cette histoire dépasse largement mes possibilités. Mes pouvoirs ne sont pas si grands, vous savez. Comprenez-moi, je vous en prie... »

Nous possédions au moins le nom de Wikka, celui d'un navire, l'*Esmeralda.* S'agissait-il d'un vaisseau fantôme ? Probablement... Je fis part de mes suppositions à Bill, et Flavio Bucci, qui écoutait, s'écria aussitôt :

« C'est cela, monsieur Sinclair ! Oui, il s'agit bien d'un vaisseau fantôme... C'est ainsi qu'il m'est apparu pendant que je dessinais.

— Dommage que vous ne sachiez pas où le trouver. Nous allons vous laisser à vos chères études, monsieur Bucci. Car vous allez continuer à entretenir des contacts avec l'Au-delà, n'est-ce pas ?

— Bien sûr. J'ai récemment été en contact avec Shakespeare. Il m'a dicté plusieurs fragments de texte, et le plus étrange est qu'il a fait de même avec certains de mes collègues. Aussi sommes-nous quelques-uns à avoir transcrit des passages d'une pièce qu'il n'a pas eu le temps d'écrire de son vivant. Mais elle n'est apparemment pas encore terminée et nous en ignorons toujours le titre. »

J'écoutais ce joyeux babillage d'une oreille distraite. Pour l'instant, Shakespeare m'intéressait moins que cette Wikka que j'avais crue anéantie une fois pour toutes. Mais le surnaturel m'avait habitué à bien des surprises et d'abord à ne jamais me croire définitivement débarrassé de mes ennemis.

Flavio Bucci, qui semblait avoir récupéré, se leva de son fauteuil.

« Ne m'en veuillez pas de ne pas vous raccompagner », nous dit-il avec un sourire encore un peu fragile.

Sur le seuil de la pièce, je me retournai et lui lançai à tout hasard :

« Si jamais Wikka reprenait contact avec vous, ou si vous aviez une nouvelle vision de ce navire, n'oubliez pas de nous avertir...

— Je n'y manquerai pas. »

Bill attendit d'être dehors pour bougonner :

« Et maintenant ?

— Maintenant, on va partir à la recherche de l'*Esmeralda* !

— Parce que tu sais où le trouver ? »

Je levai les yeux vers les frondaisons, puis laissai tomber avec un sourire :

« Moi, non. Mais une vieille amie pourra nous mettre sur sa piste... »

Bill comprit sur-le-champ :

« Sarah Goldwyn !

— Bravo, tu as gagné. »

L'aubergiste semblait s'être transformé en statue de sel et Jerry Malt, lui, ne parvenait qu'à dodeliner de la tête, la bouche ouverte et les yeux agrandis par la surprise.

Le bateau s'était posé au milieu de la rue, et sa mâture se découpait, noire et sinistre, sur le ciel rougeoyant.

Le courtier essaya de dire quelque chose, mais les mots restaient bloqués dans sa gorge. Il vit du coin de l'œil l'aubergiste battre prudemment en retraite pour tenter de trouver refuge à l'intérieur de sa taverne. La curiosité fut cependant la plus forte, et il s'arrêta sur le seuil, tremblant de peur.

Il ne s'agissait pas vraiment d'un voilier, mais plutôt d'une ancienne galère à deux mâts. Des condamnés avaient dû jadis prendre place sur les bancs aménagés le long des flancs. Mais aujourd'hui, ils étaient vides, comme d'ailleurs l'ensemble du navire. Y avait-il encore un équipage ? Probablement, car qui, sinon, serait venu frapper à la porte avec une telle violence ?

Ce ne pouvait être quelqu'un du village. Non, il s'agissait forcément d'un envoyé de l'*Esmeralda*.

Mais où se cachait-il ?

« Rentrons, souffla l'aubergiste. C'est trop dangereux de rester dehors, si près de ce maudit bateau...

— Je ne vois personne !

— Et alors ? Vous cherchez des balais ? C'est l'esprit des sorcières qui rôde autour de nous, je le sens », lança Hugol avec force en rentrant dans l'auberge.

Le courtier lui emboîta le pas en traînant les pieds. Il commençait à se demander s'il ne ferait pas mieux de quitter ce pays au plus vite. La folie de ses habitants et la peur qui les tenaillait ne lui disaient rien qui vaille. Sans doute étaient-ils tous armés. Dès lors, que pourrait-il contre eux, s'ils s'en prenaient à lui comme victime expiatoire ?

« Vous êtes armé ? demanda-t-il à Hugol.

— Bien sûr. Pourquoi cette question ? Vous voulez une arme ?

— Oui.

— Et pour quoi faire ? maugréa Hugol en le dévisageant.

— Pour m'en servir contre l'équipage de ce vaisseau, répondit Jerry Malt en détournant le regard. Et contre les imbéciles qui posent des questions stupides... »

L'aubergiste fit semblant de ne pas comprendre l'allusion.

« Une arme ne vous servirait à rien, soupira-t-il d'une voix lasse. Les esprits ne s'éliminent pas avec des armes ordinaires. Vous ne le saviez pas ?

— Excusez-moi, grinça Malt. Je suis représentant en whisky et, d'ordinaire, je ne m'occupe pas d'affaires surnaturelles... Cela dit, je n'ai pas envie de laisser ma peau dans cette histoire. Ça ne me concerne pas !

— Ça ne dépend pas de vous, ricana l'aubergiste. Tenez-vous tranquille. Faites comme moi, attendez. Peut-être aurons-nous la chance d'être épargnés.

— C'est vous qui m'avez dit que les esprits étaient venus se venger et qu'ils ne feraient pas de quartier.

— Oui, mais il en épargneront aussi certains... c'est ce que dit la légende. »

Jerry Malt dut se contenir pour ne pas se ruer sur l'aubergiste.

« Vous me racontez n'importe quoi. Je refuse

de vous écouter plus longtemps. Donnez-moi une arme, si vous en avez une. Je vous la paierai.

— Autant signer tout de suite votre arrêt de mort ! Je devrais m'en moquer, je ne vous connais pas, vous êtes un étranger à ce pays... Et pourtant je ne peux pas vous laisser vous jeter ainsi dans les bras de la mort !

— Qu'est-ce que vous me chantez là ? Cette arme, c'est quoi au fait ?

— Un fusil.

— Donnez-le-moi.

— Je ne sais pas s'il fonctionne. Je ne m'en suis jamais servi. C'est une arme assez ancienne. De la dernière guerre, je crois...

— Peu importe, apportez-le-moi. »

L'aubergiste eut un geste résigné et quitta la salle. Jerry l'entendit ouvrir une porte, et le vit réapparaître quelques minutes plus tard.

« Voilà, fit-il en posant un fusil de guerre sur le comptoir.

— Il est chargé ?

— Oui, mais je n'ai pas d'autres munitions... »

Jerry Malt empoigna l'arme et l'inspecta avec soin.

« Ça devrait faire l'affaire, marmonna-t-il entre ses dents. Je vais essayer de quitter votre village, monsieur. Je vous souhaite bonne chance. »

Il franchit la porte. Le vaisseau fantôme n'avait pas bougé et la rue était toujours déserte.

Les villageois se terraient chez eux, toutes lumières éteintes, comme s'ils cherchaient avant tout à faire oublier leur existence.

Le vent entraînait les nuages vers l'ouest et le temps avait fraîchi. Malt frissonna et se dirigea vers sa voiture.

Il tenait le fusil pointé devant lui, l'index crispé sur la détente, prêt à faire feu sur quiconque s'opposerait à son départ. Il était décidé à vendre chèrement sa peau. Il dut patauger dans cette boue rougeâtre et répugnante, ce sang démoniaque qui achevait de coaguler lentement. Mais il n'éprouvait plus le même dégoût et s'étonna presque de s'être aussi vite habitué à l'horreur.

Dans le silence qui l'entourait, le bruit de ses pas était presque inquiétant. Si quelqu'un le guettait, il aurait beau jeu de le repérer avant qu'il ne puisse se défendre. L'autre n'avait qu'à rester tapi dans sa cachette et attendre qu'il passe à sa portée...

Jerry Malt s'arrêta pour écouter.

C'est alors qu'il entendit les coups sourds frappés contre des portes ou des murs. Les mêmes coups que ceux entendus dans l'auberge. Mais ce n'était pas à l'auberge.

Jerry Malt frissonna longuement.

Que faire ?

Fuir, fuir pendant qu'il était encore temps et laisser les habitants de ce village se débrouiller avec leurs sorcières...

Il pressa le pas.

« Tu ne nous échapperas pas, tu sais... »

La voix qui venait de prononcer ces mots était tranchante comme une lame de rasoir. Le courtier s'immobilisa brutalement.

Et la peur le prit par les cheveux pour ne plus le lâcher.

Un instant, il espéra que la voix s'adressait à quelqu'un d'autre. Mais il n'y avait que lui dans la rue.

Comment tirer sur quelqu'un qu'il ne voyait pas ? La voix était pourtant toute proche... Jerry attendit qu'elle retentisse de nouveau, mais le silence était retombé, lourd et oppressant.

Et, de nouveau, il voulut fuir. Il se mit à courir. Si seulement il pouvait atteindre sa voiture...

Il contourna l'auberge et aperçut la Volvo garée contre le mur, recouverte comme tout le reste de l'immonde boue rouge. Il se dit qu'elle en avait vu d'autres, et qu'elle ne refuserait pas de démarrer pour si peu. Le courtier reprit espoir. Quelques kilomètres entre lui et le village et tout cela ne serait plus qu'un mauvais souvenir. Un cauchemar qu'on se dépêche d'oublier parce qu'il remue trop de choses en vous.

Déjà, il atteignait le véhicule, posait le fusil sur le toit pour fouiller fébrilement dans sa poche à la recherche de ses clés.

Il les trouva, en introduisit une d'une main tremblante dans la serrure de la portière, récupéra le fusil et le posa sur le siège du passager.

La clé de l'antivol, un ou deux coups de volant pour débloquer la direction et il actionna le démarreur avec une douloureuse crispation au creux de l'estomac. Pourvu que le moteur ne soit pas noyé !

Mais non, il se mit à ronronner comme un animal docile, et Jerry manœuvra pour sortir de l'arrière-cour. La voiture dérapa sur la boue et faillit heurter le mur. Jerry crispa les mâchoires et modéra son ardeur. La Volvo avait beau être en parfait état et les pneus neufs, conduire sur une pareille gadoue tenait du pilotage sur une immense savonnette.

Il parvint néanmoins à orienter le nez de la voiture en direction de la sortie et poussait déjà un soupir de soulagement lorsqu'il aperçut la silhouette.

Elle sortait droit de l'enfer pour lui barrer la route. Jamais encore, il n'avait vu créature aussi hideuse, même dans les pires films d'horreur. Et, tout à coup, sa peur se mua en une rage démente.

« Attends un peu, immonde créature ! hurla-t-il en enfonçant l'accélérateur. Je vais te réduire en bouillie, je vais te... »

Mais les mots expirèrent sur ses lèvres.

Le moteur venait de caler.

« Oh ! non », gémit le représentant en posant le front sur son volant entre ses deux mains crispées.

Lorsqu'il releva la tête, la silhouette était toujours là. Cela ressemblait à une femme, un être sans âge venu du fond des temps pour hanter le présent et y semer la terreur. A la main, elle tenait une rame, récupérée sans doute sur l'*Esmeralda*.

Fasciné, incapable de réagir, Jerry Malt détaillait l'adversaire qui, immobile, l'attendait, sûr que la proie ne s'échapperait pas. Malt comprit qu'il s'agissait d'une des sorcières dont Hugol lui avait parlé.

Elle portait une longue robe noire, comme une chemise de condamnée ou de suppliciée et ses cheveux blancs retombaient sur ses épaules en longues mèches emmêlées. Le visage décharné, presque sans lèvres, n'était éclairé que par la lueur cruelle des deux yeux profondément enfoncés dans les orbites.

La sorcière n'esquissant toujours aucun geste, Jerry Malt retrouva peu à peu ses esprits.

Le moteur avait-il calé ? Il suffisait de relancer le démarreur. Un rictus lui retroussa les lèvres. Rien de plus facile. Il tendit la main et tourna plusieurs fois la clé de contact.

La clé tourna à vide. Pas le moindre toussotement. Comme si on avait débranché la batterie ou coupé tous les fils reliant le tableau de bord au moteur.

Jerry sentit une sueur glacée couler entre ses omoplates. L'affreuse créature qui se tenait en travers de sa route le possédait ! Elle l'avait vu s'enfuir, monter dans sa voiture et manœuvrer, plein d'espoir. Elle jouait avec lui...

La rage et le désespoir le submergèrent. Il hurla, martelant son volant à grands coups de poings :

« Non, non, ce n'est pas vrai, ce n'est pas possible ! »

L'entendit-elle ?

Il la vit s'avancer.

Sa robe flottait autour de son corps décharné et son assurance contrastait horriblement avec la panique de l'homme qui la regardait s'approcher, hagard, incapable de se défendre.

Elle n'était plus qu'à quelques pas lorsque Jerry se souvint du fusil posé à côté de lui. Il le saisit d'une main tremblante et vérifia qu'une balle était engagée dans le canon. Mais il tremblait si fort qu'il eut du mal à faire jouer le mécanisme et perdit ainsi un temps précieux.

Lorsqu'il se redressa, la sorcière n'était plus qu'à quelques centimètres du pare-choc. Elle levait les bras au-dessus de la tête pour frapper.

Jerry n'eut pas le temps de réagir. Déjà, la lourde rame s'abattait sur le capot. Un fracas de tôle emboutie, la Volvo encaissait le choc...

Le courtier comprit qu'il n'avait plus rien à perdre. Il ouvrit la portière et se rua à l'extérieur. Au même moment, la sorcière frappait pour la seconde fois, massacrant encore un peu plus la carrosserie.

Jerry Malt n'avait jamais tiré sur personne

dans sa vie. Il épaula, visa un bref instant, hésita une fraction de seconde puis appuya sur la détente. Dans le même temps, frappant pour la troisième fois, la sorcière faisait éclater le pare-brise.

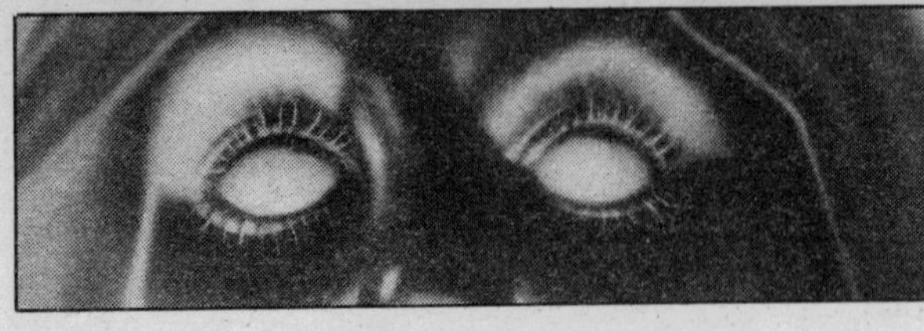

CHAPITRE 5

Lady Sarah trouva dans notre visite un excellent prétexte à préparer du thé. C'était sa boisson préférée. Elle en avait de toutes sortes, et quiconque osait se dérober à la cérémonie du thé était définitivement rayé de la liste de ses fréquentations.

Connaissant sa manie, nous la laissâmes, Bill et moi, préparer l'odorant breuvage en toute quiétude. Elle m'avait d'ailleurs accueilli avec un regard chargé de reproches pour être resté si longtemps sans donner de nouvelles.

Lorsqu'elle eut versé un peu de liquide ambré dans nos tasses et qu'elle se fut laissée aller contre le dossier de son fauteuil, jouant avec les perles de son collier, je compris que le moment était venu de passer aux choses sérieuses. Elle m'y incita en me demandant d'un ton badin :

« Alors ? Je suppose que vous n'êtes pas simplement venus me dire bonjour ?

— C'est exact, reconnus-je. Nous avons besoin de vos lumières à propos d'une vieille connaissance.

— Qui donc ? demanda Lady Sarah avec une curiosité non dissimulée.

— Wikka !

— La sorcière ? Je la croyais morte ! »

Les yeux de la Grand-Mère de l'Horreur scintillèrent d'excitation.

« Je le croyais, moi aussi. Mais certains événements récents nous permettent d'en douter.

— Racontez-moi ça », minauda notre vieille amie en s'installant confortablement pour mieux écouter.

Lady Sarah, que nous appelions familièrement la Grand-Mère de l'Horreur, était imbattable pour tout ce qui touchait à la magie noire. C'était une véritable encyclopédie, et j'avais en elle une confiance absolue. Elle nous écouta avec attention, se contentant d'un hochement de tête approbateur de temps en temps.

« Si je comprends bien, dit-elle quand j'eus terminé mon récit, vous aimeriez en savoir un peu plus sur l'*Esmeralda* ?

— Exactement.

— Ce serait bien le diable si je n'avais pas quelque chose à son sujet dans mes tablettes. C'est un bateau... gallois, m'avez-vous dit ? » demanda-t-elle en se levant.

Je devinai aussitôt son intention. Elle allait nous proposer de compulser ses archives installées au grenier. Il y avait là-haut une extraordinaire documentation, sans compter des rayonnages entiers de copies de films et de cassettes vidéo.

« Voyons, voyons, murmura-t-elle après avoir monté devant nous l'échelle qui menait à ses trésors. Un bateau... Un bateau... »

Elle sortit trois gros *in-folio* concernant les navires victimes du surnaturel et les posa sur une table. Chacun de nous en parcourut un, et Lady Sarah ne tarda pas à s'écrier en pointant un paragraphe :

« Voilà, je l'ai ! »

Bill et moi nous précipitâmes pour lire par-dessus son épaule. Il s'agissait bien de l'*Esmeralda*, un navire espagnol qui s'était échoué sur les côtes galloises. Les habitants de la région l'avaient découvert, lui et sa cargaison. Le bateau ne transportait que des femmes.

Des sorcières, comme on l'apprit plus loin. Elles supplièrent les Gallois de les recueillir, mais ceux-ci refusèrent de les écouter. Ils pillèrent le navire, le remirent à flot et le renvoyèrent vers la haute mer après y avoir mis le feu. Les hurlements des sorcières s'entendirent jusque loin dans les terres.

Elles jurèrent de se venger et la légende racontait que le bateau et ses passagères disparurent entre les nuages d'un terrible orage de printemps. Depuis, les habitants de la région vivaient dans l'attente du retour des sorcières qui avaient péri, enchaînées, dans les cales du navire.

« Il semblerait que ce soit chose faite, murmura Bill.

— C'est possible, reconnut Lady Sarah. La vengeance des esprits maléfiques peut attendre des siècles...

— Attendez, fis-je. Qu'est-ce que tout cela peut bien avoir à faire avec Wikka ? »

Personne ne sut me répondre.

« Écoute, dit Bill. On a le nom de l'endroit où a eu lieu ce naufrage. Kelgin... C'est sur la côte galloise. Tu vois où c'est ?

— Non.

— Rien ne vous empêche d'aller y faire un tour, n'est-ce pas ? ironisa la Grand-Mère de l'Horreur, qui me connaissait bien.

— Certainement, Lady Sarah, dis-je sur le même ton. Et Pang Lim sera du voyage. Retrouver Wikka lui fera sûrement plaisir !

— Et moi ? s'insurgea Bill. Je compte pour du

beurre ? Qui est-ce qui t'a traîné chez Bucci, hein ?

— Oh ! pardon, lançai-je avec une feinte innocence. Je pensai que seuls les médiums t'intéressaient. »

Jerry Malt entendit la détonation et son épaule encaissa le recul de la crosse. S'était-il naïvement attendu à voir la sorcière tomber, mortellement touchée ? Lui-même n'aurait su le dire. Il avait tiré pour ne pas devenir fou ou s'effondrer en larmes. Mais l'horrible créature demeura solidement campée sur ses jambes, insensible à la balle qui lui traversait la poitrine de part en part...

Dans un réflexe désespéré, Jerry Malt visa à la tête et tira une seconde fois.

La balle alla se perdre au loin, sans même égratigner son adversaire.

Le courtier laissa retomber son arme. Un autre phénomène achevait de le terrasser : le canon du fusil venait d'être faussé. La réalité était là, palpable, sous ses yeux et ses doigts : le canon s'était légèrement courbé.

Il leva les yeux et vit apparaître sur le visage de la vieille sorcière un sourire si cruel qu'il en eut froid dans le dos. Sa première réaction fut de jeter l'arme, désormais inutilisable, et de prendre ses jambes à son cou. Mais l'autre dut lire en lui.

« Je t'aurai ! lança-t-elle d'une voix grinçante

en marchant sur lui. Je t'aurai, inutile de fuir ou de te cacher. Je suis plus forte que toi. Beaucoup plus forte... »

Jerry la crut sur parole. Mais il résistait encore. Pas question de se laisser tuer par ce démon sans tripes ni raison... Cependant, il dut fournir un colossal effort de volonté pour se baisser et ramasser le fusil. Certes, il ne pouvait plus s'en servir, mais il l'utiliserait comme massue. L'idée de fracasser le crâne de cette diablesse lui redonna quelques forces, et il frappa à toute volée... dans le vide !

La sorcière n'avait pas bougé d'un pouce, mais elle avait dévié la course du fusil, qui alla heurter le sol avec violence. Jerry Malt n'eut pas l'occasion de frapper une nouvelle fois. Il sentit ses jambes se dérober sous lui et se retrouva étendu de tout son long, le nez dans la boue immonde.

Il avait perdu ses lunettes dans la chute et se redressa maladroitement en prenant appui sur son arme. Humilié, vaincu, il fut sur le point de se laisser aller pour en finir au plus vite...

La sorcière, toujours immobile, le regardait avec un sourire à la fois amusé et démoniaque. Le destin de cet humain était entre ses mains, elle le savait et, visiblement, prenait tout son temps pour le lui faire bien sentir.

Jerry Malt, la respiration courte, le front emperlé de sueur, sentit la rage et la terreur le submerger :

« Maudite vieille ! hurla-t-il. Que veux-tu de moi ? Je n'ai rien à voir avec ce village, ni avec ses imbéciles d'habitants. Je ne t'ai rien fait, ni moi ni mes ancêtres, tu entends ! Je suis étranger, totalement étranger à cette histoire ! »

Tout en criant, il se frappait la poitrine pour attester la véracité de ses dires, mais la sorcière souriait toujours. Jerry en perdait la raison. Cette diablesse se moquait éperdument de ce qu'il racontait. Elle était là pour tuer, et rien ne s'opposerait à sa froide détermination.

« Approche, dit-elle tout à coup.

— Non, jamais !

— Viens ici, nous avons besoin de toi. Nous voulons te voir partir en fumée. Allez, viens ! »

Malt frémit de la tête aux pieds. Si cette créature diabolique lui mettait la main dessus, c'en était fini de lui. Il comprit que sa vie ne tenait qu'à un fil.

Il ne lui restait qu'une chance de salut. La fuite !

Sa voiture inutilisable, il ne pouvait plus que prendre ses jambes à son cou, courir le plus vite possible, le plus loin possible...

Mais lorsqu'il voulut mettre un pied devant l'autre, son corps lui refusa tout service. Une force magique, bien supérieure à sa volonté, l'avait statufié sur place. Malt tenta de rassembler toutes ses forces intérieures pour lutter. Il crut éclater et tomba lourdement sur le sol, la face contre terre, tel un misérable infirme gisant dans la boue.

« Tu m'appartiens et tu vas m'obéir ! lança la vieille avec une évidente jubilation. J'ai le droit et le pouvoir de faire de toi ce que bon me semble. N'espère aucun secours de tes semblables. Vous, les hommes, vous êtes devenus de plus en plus prétentieux au fil des siècles, et pourtant vous ne pouvez toujours rien contre nous. »

Le courtier entendit chaque mot résonner au fond de lui, comme un glas. Rien ne le sauverait d'une mort atroce, spectacle funèbre offert aux sorcières ivres de vengeance, prêtes à sacrifier coupables comme innocents.

Il parvint à se traîner sur le sol, oubliant la boue répugnante qui lui collait au visage, lui emplissait la bouche et les narines et manquait l'étouffer. Il tenta de se redresser, cherchant de l'air frénétiquement, et l'univers bascula.

Il se sentit soulevé, puis flottant entre terre et ciel, et se dit qu'il était en train de mourir. Il ferma les yeux et se résigna, soulagé au fond, de ne pas trop souffrir...

Lorsqu'il rouvrit les yeux, il comprit qu'il n'était pas mort.

Plus d'auberge, plus de village, mais le pont d'un navire, une odeur de bois et de cordages pourris.

Il sut aussitôt où on l'avait transporté.

Une terreur sans nom lui donna le vertige. A cet instant, il entendit, comme un chuchotement mais atrocement distincte, une voix lui murmurer :

« Nous allons te brûler vif, tu entends ? Te brûler vif, toi et les autres... »

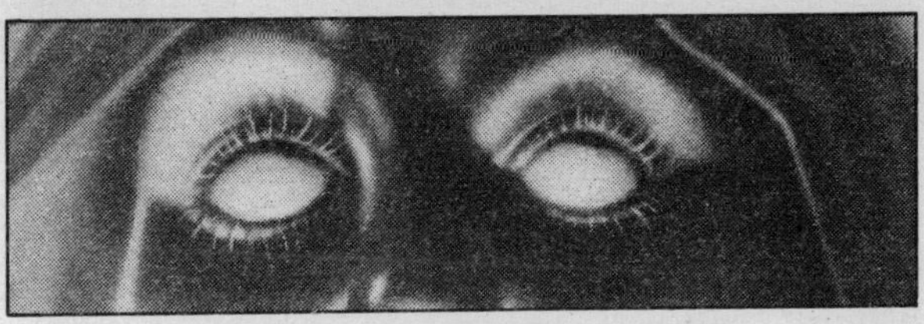

CHAPITRE 6

Le pays de Galles.

J'avais plusieurs fois eu l'occasion de m'y rendre, mais je connaissais mal la région. Le caractère de ses habitants, leurs coutumes, leur langue, tout m'était étranger. Je n'en connaissais que les clichés habitucls : un pays truffé de ruines, de vieux châteaux forts, dont les natifs gardaient vivaces légendes et contes. Les sorcières, les fées, les trolls, les gnomes devaient se sentir chez eux là-bas. Les Gallois les protégaient et les redoutaient à la fois.

Fiers de leur esprit d'indépendance, ils n'aiment guère les Anglais et se méfient tout particulièrement des Londoniens, qu'ils soupçonnent toujours de volonté d'annexion.

Nous étions partis à trois mais avec une seule voiture. Ma Bentley dévorait les kilomètres. Elle était certes moins rapide que la Porsche de Bill, mais sur les petites routes galloises, à quoi bon un tel bolide ?

Je n'avais pas réussi à trouver Kelgin sur une carte ordinaire, ni sur mon atlas routier, aussi avais-je acheté une carte au dix millième pour localiser ce trou perdu.

Kelgin était situé dans les Cambrians Mountains, non loin de la côte, entre Aberayron et Aberystwyth. Des noms gallois quasi imprononçables pour un Anglais !

La route qui longeait la côte avait été refaite. Nous nous y engageâmes au début de l'après-midi. Le paysage valait le voyage ! La mer, les montagnes, les ruines de nombreuses forteresses. De quoi ravir un touriste.

Un peu plus tard, je suggérai à mes passagers de faire une halte pour manger un morceau. Afin de ne pas perdre de temps, je me garai devant une petite échoppe installée sur une aire de stationnement.

Nous étions les seuls clients et on nous servit

quiétante présence des sorcières ne m'avait interdit d'y prendre le moindre plaisir. Je ne les voyais toujours pas, mais je les sentais autour de moi, qui m'épiaient sans retenue. Je me demandai ce qu'elles avaient pu faire des habitants du village.

Les nuages se firent de plus en plus denses et engloutirent le navire plus sûrement que le plus épais des brouillards londoniens. On n'y voyait rien à trente centimètres.

Soudain, les voix des sorcières me parvinrent. Elles discutaient entre elles et avaient l'air de beaucoup s'amuser.

« Nous l'avons bien eu, celui-là, hein ?... C'est Wikka qui va être contente. »

Le nom de Wikka flottait autour de moi. Elles le répétaient comme pour m'éprouver. Je me demandai s'il convenait ou non de leur répondre, de leur révéler ce que je savais. Je me décidai enfin.

« Wikka est morte ! déclarai-je d'une voix forte en m'adressant au brouillard. N'essayez pas de jouer aux plus malignes avec moi. Wikka est morte. C'est comme si elle n'avait jamais existé, vous entendez ? »

Le silence qui suivit ma diatribe parut refroidir jusqu'au brouillard qui m'enveloppait. Elles avaient cessé de ricaner et de me casser les oreilles, c'était déjà ça.

La réponse vint enfin — un long cri de rage qui déchira le silence.

« Les mortels sont des fourbes et des menteurs... Wikka est vivante ! La reine des sorcières est immortelle !

— C'est vous qui mentez, rétorquai-je. Je l'ai vue mourir de mes propres yeux.

— TOI ? hurlèrent plusieurs voix suraiguës.

— Oui, moi !

— Qui es-tu pour connaître la grande Wikka, misérable humain ?

— Vous le saurez quand je vous aurais vaincues, maudites diablesses !

— Es-tu médium ? Es-tu un chasseur de sorcières ? Pour le compte de qui travailles-tu ? »

Les questions pleuvaient tout autour de moi. Je les sentais en alerte, tendues, avides de savoir qui j'étais.

« Montrez-vous donc ! lançai-je d'une voix ironique. Je vous raconterai la mort de Wikka. Comment elle est restée suspendue à une liane de feu... »

Des hurlements sauvages couvrirent ma voix. Cette fois, elles allaient se montrer, et c'était ce que je voulais.

La première fut là presque aussitôt.

Je la vis apparaître, lentement, prudemment, dans le brouillard. D'abord le visage, à quelques centimètres du mien. Une horrible face grimaçante, écumante, que le brouillard rendait plus déplaisante encore, si c'était possible. La peau tannée comme un vieux cuir était verdâtre et les yeux luisaient d'une lueur mauvaise. Un rictus de haine déformait la bouche édentée.

Étaient-elles toutes comme ça ?

« Seule ? m'esclaffai-je. Tes copines auraient-elles peur de moi ?

— Nous sommes là, répondirent plusieurs voix.

— Où cela, mes beautés ?

— Retourne-toi donc ! »

Je pivotai sur moi-même et les découvris. Elles étaient quatre à me fixer. Cinq, donc, avec celle qui était apparue en premier. C'était peu. Mais, bien sûr, c'était largement suffisant pour faire le ménage contre de malheureux paysans sans défense...

« Eh bien, tu nous vois, maintenant ! grinça celle qui paraissait leur porte-parole.

— Oui. J'aime bien reconnaître mes amis dans la rue, dis-je en souriant.

— Trêve de bavardage, m'interrompit-elle. Et répète tes mensonges sur Wikka, si tu l'oses !

— Wikka est morte, comment pouvez-vous l'ignorer ? Ou bien, votre maître, Satan, vous méprise-t-il au point de vous cacher la mort de votre reine ? »

Je vis que mes paroles faisaient mouche. La sorcière semblait ébranlée. Je me contentai pour l'instant de cette mince victoire et en profitai pour lui demander son nom.

« Esmeralda, comme ce navire, baptisé ainsi

en souvenir de moi... Et toi, quel est ton nom, monsieur Je-sais-tout ?

— John Sinclair ! » lançai-je en la fixant dans les yeux.

Apparemment, cela ne lui disait rien. Elle voulait en savoir davantage sur la mort de Wikka. Je ne me fis pas prier.

« Il n'en reste plus rien, conclus-je. Wikka est partie en cendres, comme n'importe quelle mortelle.

— Peux-tu le prouver ? demanda-t-elle en serrant les poings.

— Non, mais je connais quelqu'un qui le peut, lui.

— Qui ?

— Le diable, votre maître ! »

Ces furies se mirent alors à pousser des hurlements de joie.

« Oh ! oui Esmeralda, appelle le diable notre maître ! Nous l'aimons et il nous aime, car nous sommes belles et désirables. »

Là, je trouvai qu'elles y allaient un peu fort. Moi qui connaissais Satan, je savais que son amour de la laideur était un préjugé aussi répandu qu'erroné. En matière de femmes, le diable avait des goûts tout à fait humains.

« Je ne peux pas l'appeler. Taisez-vous donc ! répondit Esmeralda en colère.

— Mais pourquoi ?

— Parce qu'on ne dérange pas Satan pour

n'importe quoi ! Cet humain se moque de nous...

— Appelle-le donc, la coupai-je. Nous sommes de vieux amis, lui et moi. Ça nous fera plaisir de nous revoir. »

Mon optimisme était très exagéré. Certes, je ne craignais pas le démon. Ma croix, en principe, me protégeait contre lui, et il n'avait jamais réussi à la détruire. Mais, cette fois, j'étais embarqué dans un bateau qui ne m'inspirait qu'une confiance limitée. Pourvu qu'il ne prenne pas la mauvaise idée aux sorcières de dématérialiser leur navire, car alors...

A cet instant, mes pensées furent interrompues par une voix grave :

« Inutile de m'appeler ; je suis toujours sur la brèche, n'est-ce pas, John Sinclair ? »

Aucun doute, c'était bien lui. Satan était venu au secours de ses servantes et cela n'augurait rien de bon pour moi. J'avais déjà eu l'occasion d'affronter l'ange déchu et j'avais plusieurs fois déjoué ses manœuvres sournoises, mais sans jamais remporter sur lui une victoire concluante. Lui, de son côté, se montrait d'une patience inlassable et il nous poursuivait, mes amis et moi, avec un acharnement remarquable.

Heureusement, ma croix faisait de moi un fils de la lumière et me protégeait des attaques des puissances démoniaques. Satan le savait et se montrait à mon égard d'une extrême prudence. Il préférait m'envoyer un à un ses serviteurs les plus zélés, plutôt que de m'affronter en personne.

Wikka l'avait servi avec une fidélité à toute épreuve. En la perdant, Satan avait perdu un de ses meilleurs soutiens. Et cela, il ne pouvait me le pardonner, même si nous n'étions pas, mes amis et moi, directement responsables de sa mort. Nous aurions pu la sauver et nous nous en étions bien gardés. Là était notre faute !

Machinalement, j'enregistrai que nous continuions à voguer sur une mer de nuages. Le diable me fit face. Je reconnus le repoussant visage triangulaire, la froideur du regard, la bouche dure et le nez large. Il connaissait son pouvoir de séduction et de répulsion à la fois, et avait coutume d'en jouer. Mais, avec moi, ce petit jeu ne prenait pas. Je l'avais rencontré trop de fois pour que s'exerce encore cette fascination morbide.

Par contre, sur les sorcières, en revanche, l'effet fut foudroyant ! A l'apparition de leur maître bien-aimé, elles se jetèrent à genoux en entonnant un chant de louanges qui résonna dans l'air comme une épouvantable cacophonie.

Le diable parut y prendre un certain plaisir, car après les avoir couvées du regard, il se tourna vers moi pour me lancer :

« Tu entends, John Sinclair ! Tu vois comme elles me sont soumises ?

— Oui. Et j'ajoute que ton goût en matière de femmes est incomparable ! » persiflai-je.

Satan éclata d'un rire bref, et je sentis son souffle puant me caresser le visage.

Je demeurai sur le qui-vive, évitant de brandir mes armes. Mieux valait attendre que les sorcières attaquent les premières, car elles chercheraient certainement à me liquider sous l'œil bienveillant de leur maître.

Je lui avais pourtant rendu un fier service en combattant la Ligue du meurtre, qui avait osé se rebeller contre lui et sa fille Asmodée. Mais la reconnaissance n'était pas le genre de la famille et le père comme la fille rêvaient de m'éliminer. Les sorcières, qui adulaient Satan depuis des siècles, allaient-elles enfin lui rendre ce service ?

« A présent, taisez-vous ! » ordonna-t-il.

Elles devaient lui casser les oreilles à lui aussi. Et puis, ça commençait à bien faire ! Si nous n'avions pas été à cent pieds au-dessus de la mer, je serais volontiers passé à l'attaque...

Les sorcières obéirent sur-le-champ. Mais elles continuaient à nous observer, Satan et moi, avec une avidité qui ne me disait rien de bon. Soudain, Esmeralda rompit le rang et fit un pas en avant, dressant vers le ciel ses bras squelettiqucs. Ils émergeaient de ses manches et ses ongles acérés me donnèrent froid dans le dos.

« Satan ! piailla-t-elle d'une voix suraiguë. Tu es venu soutenir notre mission. Merci, merci, ô Grand Satan ! Nous n'avons pas oublié l'heure de notre vengeance. Les hommes qui sont à bord de ce navire iront droit en enfer et nous t'offrons leurs âmes pour te remercier de nous avoir un jour libérées d'un sort cruel... Si nos corps ont brûlé par la faute de leurs ancêtres, nos esprits sont restés libres grâce à toi.

— Je vous remercie de ce présent », répondit aimablement Satan. Puis il me jeta un regard ironique et ajouta : « Mais celui-ci est un cadeau bien plus précieux encore. »

Esmeralda comprit. Elle m'enveloppa d'un regard triomphant, brûlant d'une jubilation haineuse. J'eus toutes les peines du monde à garder une contenance. Cependant, je la saluai d'un air moqueur.

« Madame, votre serviteur ! fis-je avec un sourire.

— Tu vas... rugit la sorcière.

— Pas si vite, intervint le diable. John Sinclair est dangereux. Ce n'est pas un ennemi comme les autres.

— Nous sommes plus puissantes que lui ! » éructa la sorcière.

Satan laissa passer quelques secondes, puis lança d'une voix sourde :

« C'est aussi ce que croyait Wikka. »

Esmeralda tressaillit et se figea, et ses compagnes avec elle. La vérité sortait de la bouche même de leur maître : la terrible, la grande sorcière Wikka était donc bien morte, disparue pour l'éternité. Esmeralda implora presque :

« Est-ce vrai, maître, Wikka est morte ?

— Oui », répondit le diable.

La réponse était claire et me surprit moi-même. Satan ne m'avait pas accoutumé à autant de franchise, quand il s'agissait de ses défaites.

« Morte... hoqueta Esmeralda. Morte... morte... »

Elle agitait la tête, faisait voler ses cheveux broussailleux.

« Comment la plus fidèle servante de Satan a-t-elle pu perdre la vie ? Comment un homme, un simple mortel, a-t-il pu venir à bout de la Reine des sorcières ? Comment...

— Ce n'est pas Sinclair qui l'a tuée », répliqua le diable d'une voix bizarre, qui me fit dresser l'oreille. Quand Satan prenait cette voix-là, c'est qu'il avait une idée derrière la tête. « Ils étaient plusieurs à vouloir la perte de Wikka. Plusieurs démons, des parjures, gronda le diable. Deux des amis de cet homme sont d'ailleurs mêlés à cette histoire... Et je peux vous dire qu'ils ne sont pas loin d'ici, en ce moment même.

— Mais lui, aurait-il pu sauver Wikka ? demanda Esmeralda en pointant le doigt dans ma direction.

— Oui, assurément, il aurait pu la sauver...

— Alors, il est responsable de sa mort ! vociféra la sorcière. Et nous allons le punir de la même façon que tous ceux qui tremblent en ce moment même sur ce navire ! »

Et soudain, je compris l'intention du diable : depuis le début, son but était d'exciter les sorcières contre moi. La mort de Wikka lui servait de prétexte. A présent, Esmeralda et ses collègues avaient une raison majeure de se débarrasser de moi.

« Montre-moi les damnés ! ordonna Satan.

— Oui, maître, les voilà. »

Esmeralda se détourna et je ne pus réprimer un mouvement de curiosité. Où donc ces maudites sorcières avaient-elles bien pu cacher les habitants de Kelgin ?

Je l'entendis moduler une incantation dans une langue inconnue et tracer avec les mains des signes mystérieux. Peu à peu, la réalité s'effaça autour de moi.

Esmeralda avait plongé les passagers de ce vaisseau dans un univers magique où seuls les serviteurs du démon se mouvaient à l'aise. J'entendis le rire de Satan et vis son visage tournoyer.

Je fermai les yeux.

A l'instant même, je fus pris d'une étrange faiblesse et serrai convulsivement ma croix. Elle seule pouvait m'empêcher d'être submergé par la vague de magie noire qui déferlait sur moi.

Son effet fut bénéfique et je sentis mes forces renaître. Lorsque je rouvris les yeux, quelque chose avait changé à bord du navire : les bancs des galériens n'étaient plus déserts...

Les habitants de Kelgin, enchaînés, les occupaient. Des hommes, des femmes, des enfants, qui, déjà, avaient dû subir les sévices de ces cinq démones ivres de vengeance.

Leurs vêtements déchirés par le fouet laissaient apparaître sur leur dos de longues traces sanguinolentes, et leurs visages marqués par la souffrance montraient assez qu'ils avaient perdu tout espoir.

Ils me regardaient, mais ne paraissaient pas me voir. Ces malheureuses créatures, dont les ancêtres avaient cru se débarrasser des sorcières en les brûlant sur leur navire, étaient maintenant condamnées à manier les lourdes rames des galériens d'antan.

La colère monta en moi à ce spectacle misérable et je jurai entre mes dents que ces maudites sorcières paieraient pour chacun d'eux. Si elles avaient cru m'épouvanter, c'était raté. La fureur agissait sur moi comme un aiguillon.

Je cherchai Esmeralda des yeux. Elle avait disparu. Quel sinistre tour préparait-elle encore ?

Soudain, un coup de vent déchira les nuages et je pus distinguer la mâture. C'est alors que j'aperçus de nouveau la sorcière.

Mais elle n'était pas seule. Une de ses futures victimes pendait à son bras. Un homme à demi mort de peur. Un petit homme avec des moustaches. Sa face crayeuse en disait long sur la terreur qui le paralysait. Lui aussi avait été torturé.

Esmeralda devait le tenir d'une main de fer, car les jambes de l'homme ne pouvaient plus le porter et il se serait sans doute laissé tomber dans le vide si elle l'avait lâché. Certains détails, dans ses vêtements et son allure, me firent penser qu'il ne devait pas être de Kelgin. C'était un citadin, pas un villageois muré dans la crainte du châtiment depuis des siècles...

Le rire triomphant d'Esmeralda me fit grincer des dents.

« Lui aussi s'est cru plus fort que nous ! hurlait-elle, ses yeux flamboyants plantés dans les miens. Il a voulu me tuer, tu entends, Sinclair ! Ce déchet de l'humanité a tenté de me fusiller ! Ha ! ha ! ha !

— Ce n'est pas un habitant de Kelgin, criai-je. Lâche-le ! Il n'a rien à voir avec votre histoire ! Il a eu peur et voulait se défendre. Laisse-le tranquille ! Viens plutôt t'en prendre à moi, qui ai abandonné Wikka.

— Je ne l'épargnerai pas plus que toi, maudit chien ! hurla la sorcière vibrante de haine. Je connais ces citadins pleins de morgue, qui se croient tout permis ! Je les hais, eux aussi. Je hais l'espèce humaine tout entière ! Ils nous auraient tous brûlées jadis, de la même manière que ceux de Kelgin. Celui-là comme les autres ! »

Je la laissai parler. Je savais que je n'avais aucune chance de la convaincre. Je cherchai seulement à gagner du temps.

Trop confiantes en leur pouvoir magique, les sorcières n'imaginaient pas que je puisse passer à l'attaque. Je pensais que l'effet de surprise pouvait jouer.

C'est alors que les événements se précipitèrent.

Je commis une erreur. Négligeant les sorcières qui étaient dans mon dos, je fonçai sur Esmeralda. En trois bonds, j'atteignis le pied du mât d'artimon. Tout en courant, je dégageai ma croix et la brandis.

Esmeralda la vit.

Et ce symbole que le démon lui-même redoutait produisit l'effet escompté. Elle poussa un hurlement de rage impuissante, qui aurait glacé le sang dans les veines de n'importe quel mortel. La croix scintillait dans ma main, comme chaque fois que je l'interposais entre les esprits du Mal et moi.

D'un mouvement convulsif, Esmeralda projeta son otage en avant. Le malheureux s'effondra sur moi et s'agrippa pour ne pas tomber. Le temps de me débarrasser de lui, et la démone avait pris la fuite.

Je la vis disparaître dans le brouillard, poussant des cris stridents et environnée d'éclairs meurtriers. Si je la touchais à cet instant précis, j'étais un homme mort.

Mais le vrai danger était ailleurs.

Un pressentiment me fit me retourner. Je venais seulement de me souvenir de ses congénères.

J'entendis un sifflement et, instinctivement, levai la main pour me protéger. Trop tard ! Une rame me toucha à la tempe.

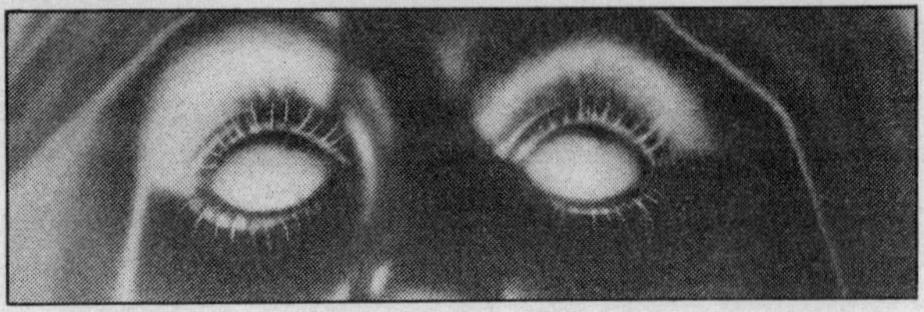

CHAPITRE 10

« Attention, ce n'est pas le moment de paniquer ! » lança Pang Lim.

Bill, Kelly et lui avaient compris qu'un drame se jouait au-dessus de leur tête. Ils ne pouvaient deviner quoi, mais une rage impuissante les saisit à l'idée de rester cloués là, sans rien pouvoir faire pour aider leur ami.

« Nom d'un chien ! cria Bill. Un navire dans les nuages, il ne manquait que ça !

— Il y a déjà eu des vaisseaux fantômes, s'irrita Pang Lim, lui aussi sur des charbons ardents. Tu ferais mieux de réfléchir !

— Réfléchir, réfléchir, tu en as de bonnes ! Ce fichu bled m'a tourné la cervelle à l'envers. Et vous, qu'est-ce que vous attendez pour avoir une idée ! brama le journaliste en fusillant Kelly du regard. Que pouvons-nous faire ?

— Rien, absolument rien, soupira Kelly. La malédiction des sorcières s'est accomplie. Si les ancêtres des habitants de ce bled, comme vous dites, avaient été moins imprudents, rien de tout cela ne se serait jamais produit.

— Bon sang, ce n'est pas possible ! On ne va pas...

— Vous croyez à la chance ? ricana Kelly. Vous êtes optimiste. Ça aide...

— Taisez-vous ! gronda Pang Lim les yeux fixés sur les nuages. Taisez-vous une minute... S'il vous plaît. »

Bill et Kelly, confus, se turent aussitôt.

« A combien sommes-nous de la côte ? demanda Pang Lim.

— Pourquoi cette question ?

— Répondez-moi, nom de Dieu !

— Elle est là, juste derrière la colline, répondit Kelly avec un regard d'excuse.

— Y a-t-il un port ?

— Oui et non... Je veux dire, juste quelques bateaux de pêche.

— A moteur ?

— Quelques-uns, oui.

— Tu penses à quoi ? demanda Bill qui avait retrouvé son calme.

— Il est probable que le vaisseau ne voguera pas indéfiniment dans les nuages. Les sorcières ont brûlé sur la mer, jadis... C'est certainement à l'endroit de leur supplice qu'elles voudront se venger. Et pas ailleurs. Tu comprends ?

— Tout à fait, fit Bill impressionné. Et c'est là que tu as l'intention de les accoster ?

— Bravo, vieux frère, lança Pang Lim avec un large sourire. Tu as trouvé !

— Eh ben, vous alors, vous êtes comme ma femme Myriam, toujours à deviner par avance ce qui va arriver ! lança Kelly en guise de compliment.

— On ne peut être sûr de rien, sourit Pang Lim. Mais c'est tout ce que je peux trouver. Prenons la voiture et gagnons la côte. Vous nous accompagnez ? demanda-t-il en se tournant vers l'Irlandais.

— Un peu, oui ! J'ai une barque là-bas.

— Rapide ?

— Quand la mer est bonne. »

Les trois hommes coururent jusqu'à la Bentley. Il allait falloir jouer serré. Mais pouvait-il en être autrement avec des créatures dotées des immenses pouvoirs de la magie noire ?

Pang Lim se mit au volant. Kelly s'assit à côté de lui pour le guider et Bill monta à l'arrière.

« Tout droit, sur la petite route », indiqua Kelly.

Le Chinois démarra sèchement et les pneus patinèrent dans la boue rougeâtre.

A moins d'un kilomètre du village, la route était de nouveau sèche. La pluie démoniaque n'avait touché que le village. Mais il était impossible de rouler vite car la route était étroite et les virages serrés.

La Bentley escalada des collines couvertes d'une maigre végétation. La terre, trop pauvre, n'autorisait pas les arbres. Bill leva les yeux vers les nuages qui se bousculaient dans le ciel.

Au sommet de la dernière colline, la vue se dégagea. Le paysage était splendide, mais les trois hommes n'eurent pas un regard pour lui. Seuls les intéressaient le petit port et les quelques bateaux frileusement abrités derrière le môle.

Les derniers kilomètres furent couverts en un temps record. Le moteur et les pneus protestèrent à plusieurs reprises, mais Pang Lim conduisait de main de maître.

Il stoppa sur le quai, qui ne mesurait que quelques mètres, et les trois hommes sautèrent de voiture.

« Voilà ma barque ! s'écria Kelly en désignant une petite embarcation peinte en bleu et blanc.

— Vous avez fait le plein ?

— Je crois. »

Bill s'apprêtait à y poser le pied, lorsque Pang Lim lui toucha le bras. Le Chinois tendit la main vers le ciel.

« Là, regarde ! »

Le vaisseau fantôme filait à travers les nuages. Les trois compagnons en eurent la gorge nouée. Cette galère d'un autre âge cinglant à plusieurs centaines de mètres dans le ciel, ses voiles en lambeaux claquant au vent, était vraiment un spectacle hallucinant.

« C'est comme dans la légende, murmura Kelly en se passant la main sur le visage.

— Pourvu qu'elle finisse bien », soupira Bill en serrant les poings. Il crispa les lèvres et se tourna vers Pang Lim : « Et si John n'était pas à bord ? demanda-t-il sourdement.

— Il est à bord, sinon nous l'aurions retrouvé dans les rues de Kelgin, laissa tomber Pang Lim d'une voix ferme.

— Vous comptez vraiment donner l'assaut à cette galère ? »

Kelly les considérait curieusement. Peut-être les prenait-il pour des fous ? Jusque-là, il n'avait fait, après tout, que suivre le mouvement. Pang Lim jugea préférable de le rassurer. L'Irlandais pouvait encore les aider. Il ne serait pas de trop dans quelques minutes. Le Chinois posa la main sur le bras de Kelly.

« Le bateau amerrira tôt ou tard, assura-t-il. Pensez aux gens de Kelgin coincés là-dedans, mon vieux. Vous voulez qu'ils brûlent vifs, comme les sorcières, jadis ?

— Non, non, bien sûr que non ! s'exclama Kelly d'un ton bourru.

— Alors, nous devons réussir notre abordage. Allez, on y va. »

Kelly lança le moteur et la petite embarcation prit la mer. Les deux Londoniens furent étonnés par le ronronnement agréable du moteur. L'Irlandais, constatant leur surprise, expliqua, non sans fierté :

« C'est un moteur Rolls-Royce. Cette barque est rapide. Vous allez voir... »

Sans être grosse, la mer était agitée et les vagues ballottaient le canot et ses passagers. Mais Kelly était bon marin, et il parvint à mettre le cap.

Quelques minutes plus tard, Pang Lim triomphait :

« Regardez ! La galère descend sur la mer ! »

De fait, le vaisseau fantôme ne tarda pas à se poser à la surface des flots.

« Vous allez vraiment monter à bord ? demanda Kelly dans un dernier sursaut de crainte.

— Certainement, dit Pang Lim. Droit dessus !

— Et qu'est-ce que vous ferez, une fois dessus ? »

L'insistance de Kelly était presque comique.

« Une fois à bord ? Nous anéantirons les sorcières ! exulta Bill.

— Ah ! bon... je... Comment ça ?

— Laissez-nous vous faire la surprise », lança Pang Lim jovialement. Bill et lui échangèrent un coup d'œil complice. Ils se sentaient tout à coup optimistes. L'action était un bon moyen pour ça. Le pauvre Kelly marmonnait entre ses dents tout en luttant contre les vagues et les courants.

Ils s'approchèrent du vaisseau sans se faire repérer.

Lorsqu'ils ne furent plus qu'à quelques encablures, les amis de Sinclair vérifièrent leurs armes. Bill retira de sa ceinture un instrument qui rendit Kelly perplexe : c'était un boomerang d'argent.

« Tu comptes abattre les mâts ? demanda Pang Lim.

— S'il le faut... »

A cet instant, le Chinois sursauta :

« Le feu ! cria-t-il. Regardez !... »

Pétrifiés, les trois hommes virent de longues flammes monter du pont et embraser la voilure en quelques secondes.

Lorsque je rouvris les yeux, ce fut pour constater que je ne pouvais plus bouger.

Les sorcières m'avaient attaché au mât d'artimon.

Une douleur sourde me traversait la tête. Il fallait vraiment que j'aie le crâne en bois pour être encore en vie !

Ma situation était presque désespérée. Certes, j'en avais vu d'autres, mais ça ne changeait rien à la gravité de mon cas présent, et ça ne me consolait pas. Ces maudites sorcières attendaient avec une joie sadique de me voir reprendre connaissance. J'ouvris les yeux et elles éclatèrent d'un rire dément. Certaines tendirent vers moi leurs ongles crochus.

Mais elles se gardèrent de me toucher. Elles savaient maintenant que ma croix magique me protégeait. Certes, elles avaient pu m'attacher au mât, mais impossible de me lacérer le visage de leurs griffes.

« Tu vas mourir, John Sinclair ! me lança Esmeralda. Tu vas mourir, comme tous ceux que nous avons embarqués sur ce navire. Ta croix ne te servira à rien... »

Elle me désigna alors les hommes et les femmes enchaînés sur les bancs des galériens. L'homme que j'avais tenté de sauver était tombé sur les genoux, prostré, incapable de tenir sur ses jambes. Les autres aussi restaient muets, comme indifférents à leur sort. Une morne résignation se lisait sur leurs visages, tandis que le vaisseau poursuivait sa course à travers les nuages.

Satan avait disparu. Du moins à mes yeux d'humain. Il avait joué son rôle à la perfection et suffisamment excité Esmeralda et sa bande pour pouvoir se retirer et les laisser accomplir leur sinistre besogne. Il devait observer la scène, trop content d'assister à mon supplice.

J'essayai de bouger et constatai que mes liens étaient moins serrés que je ne l'avais cru. Je me gardai toutefois de m'agiter. Les sorcières étaient bien capables de m'assommer de nouveau d'un coup de rame.

Ma tête me faisait atrocement souffrir et le moindre mouvement me laissait au bord de l'évanouissement.

Esmeralda s'agenouilla sur le pont et leva les bras vers le ciel :

« Ô Esprits de la nature ! implora-t-elle d'une voix criarde. Ô bras du Vent, soyez favorable à celles qui ont toujours servi leur maître vénéré ! Aidez-nous comme vous avez toujours aidé celui qui préside aux orages et aux cataclysmes ! »

Et la nature et le vent parurent soudain se ranger de son côté.

Une subite bourrasque déchira les nuages, laissant même apparaître un coin de ciel bleu. Les voiles du navire, quoique déchirées, s'enflèrent, et la galère fila vers son but.

« Nous voguons dans l'éternité ! hurla Esmeralda exaltée. L'Enfer est le terme de notre voyage. Le ciel et la mer nous appartiennent et nul ne peut rien contre nous. L'heure de la vengeance a sonné ! »

Les quatre autres sorcières applaudirent, ivres de joie sauvage.

Le vent sur mon visage me fit du bien et calma un peu la douleur qui me vrillait le crâne. Je le vis jouer avec les chevelures des sorcières, et je me demandai où il pouvait bien nous conduire.

J'étais en train d'échafauder des hypothèses

lorsqu'une de ces horribles mégères bondit au-devant de moi et me cracha au visage avec toute la haine dont elle était capable :

« Si tu essaies de te délivrer, nous te tuerons, et nous tuerons tous les autres, à commencer par celui-là ! »

Elle désigna le citadin toujours affalé sur le pont.

« Quel est ton nom ? lui criai-je pour le sortir de son apathie.

— Son nom ! ricana la sorcière. Pourquoi lui demander son nom ? Le diable se moque du nom de ses victimes pourvu qu'il récupère leur âme ! »

Elle avait raison, bien entendu. Satan n'était pas regardant sur la marchandise. Mais l'homme avait dû m'entendre, car il se tourna vers moi. Ses lunettes étaient brisées et un coup de fouet avait balafré sa joue gauche.

« Courage ! » lui criai-je.

Les sorcières éclatèrent de rire.

« Je m'appelle Malt, articula le malheureux d'une voix épuisée. Jerry Malt. Je me suis laissé embarquer dans cette histoire sans y rien comprendre... Nous n'avons aucune chance d'en réchapper. Ce sont elles les plus fortes... »

Puis, il se recroquevilla sur lui-même et se tut.

Il était à bout de force. J'éprouvai de la commisération pour tout ce qu'il avait dû endurer. Les habitants de Kelgin, eux, vivaient avec la malédiction suspendue au-dessus de leur tête depuis des siècles, mais cet homme à l'esprit sûrement rationnel, avait vécu en quelques heures une tragédie qui dépassait tout ce qu'on peut imaginer. Ce n'était pas un sort plus enviable. Il fallait, comme moi, avoir passé sa vie à combattre les forces du Mal pour espérer s'en tirer.

Je m'aperçus que nous perdions de la hauteur. Lorsque le vaisseau descendit au-dessous du plafond nuageux, le village de Kelgin apparut. Je reconnus la rue où j'avais garé la Bentley. Elle n'y était plus !

Je pensai à mes amis. Ils ne pouvaient être repartis sans moi, c'était impossible. Kelgin était toujours aussi désert. Pas la moindre animation autour des maisons. Les quelques rares habitants à avoir échappé aux sorcières devaient se terrer chez eux.

Esmeralda se chargea alors de me rappeler à la réalité en me tirant brusquement de ma contemplation.

« Nous arrivons ! me cria-t-elle en observant avidement l'expression de mon visage pour y chercher les stigmates de l'angoisse. Nous arrivons, et ton destin va s'accomplir, John Sinclair. Le diable n'abandonne jamais les siens. Ce n'est pas comme tes semblables, que nous avons jadis suppliés de nous épargner ! »

Elle se répétait mais, d'une certaine manière, je la comprenais. Elle attendait ce moment depuis si longtemps ! Je soutins son regard flamboyant sans sourciller. Ce fut elle qui se détourna la première.

« Nous allons venger Wikka ! Nous allons venger notre reine ! » aboya-t-elle en direction de ses sœurs et des habitants de Kelgin. Le claquement des voiles déchirées et le sifflement du vent accompagnèrent ces paroles de haine.

La mer se rapprochait de plus en plus et je distinguai à présent le mouvement des vagues se brisant sur la grève. En d'autres circonstances, j'aurais apprécié la beauté du spectacle et la course des nuages qui, à l'horizon, se confondaient avec la vaste étendue liquide. Mais l'heure n'était pas à ce genre de considérations.

Les quatre sorcières vinrent se rassembler autour d'Esmeralda. Elles étaient armées de fouets redoutables et j'étais certain qu'elles savaient excellemment les manier. Les corps suppliciés des villageois le prouvaient amplement.

Tout en se regroupant, les diablesses harcelaient de la voix les malheureux effondrés sur les bancs. Elles faisaient claquer leur fouet en jouissant de la terreur qu'elles suscitaient. Je profitai de leur inattention pour essayer de détendre mes liens. Mais je ne parvins qu'à me faire mal aux poignets et au dos.

Le vaisseau fantôme se posa enfin sur la mer avec la précision d'un hydravion et, bientôt, nous perçûmes le clapotis des vagues contre la coque. Le roulis était tel que même les sorcières avaient du mal à garder l'équilibre.

Les galériens, ballottés en tous sens, s'agrippaient aux rames et j'entendis le cliquetis sinistre de leurs chaînes qui s'entrechoquaient.

Une vague plus forte que les autres empanacha la proue et un paquet d'eau balaya le pont et les rameurs. Personne ne fut épargné. L'eau froide me ravigota. Esmeralda éclata d'un rire presque joyeux, tandis que le navire, dont nul ne songeait à tenir la barre, devenait le jouet de la houle. Mais je ne m'inquiétais pas outre mesure, car je savais ce vaisseau fantôme insubmersible tant que la malédiction ne serait pas accomplie.

Le danger n'était pas là...

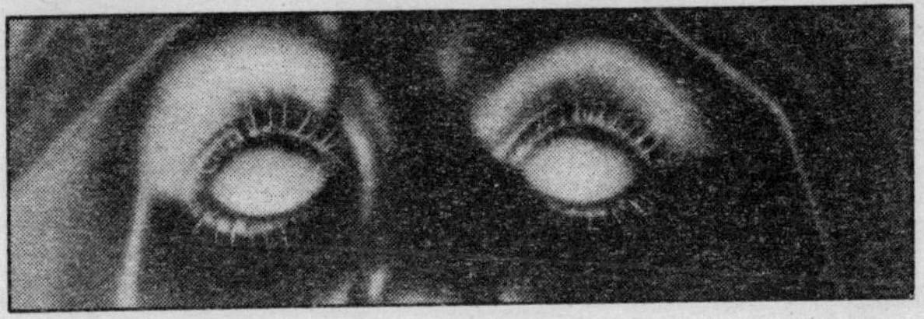

CHAPITRE 11

Esmeralda lança son ordre d'une voix déformée par la haine :

« Ramez maintenant, esclaves ! Ramez pour expier les fautes de vos ancêtres. Ramez jusqu'au lieu de votre mort. »

Aussitôt ses compagnes levèrent leur fouet et frappèrent à tour de bras. Je vis claquer les lanières de cuir sur le dos des malheureux. Aux étincelles qu'elles dégageaient en sifflant, je reconnus qu'il s'agissait de fouets magiques.

Pauvres habitants de Kelgin ! Leurs souffrances devaient être épouvantables, car ces fouets avaient été tressés en enfer.

Ils se cramponnaient aux rames et, bien qu'à bout de force et rendus hagards par les mauvais traitements, ils trouvaient encore l'énergie de tirer dessus.

La lourde galère monta à l'assaut des vagues tandis que, sur les bancs, les corps des galériens se penchaient et se redressaient en cadence. Et malheur à celui qui, épuisé, cassait le rythme ! Le fouet le cinglait jusqu'à ce qu'il rame à l'unisson.

Je ne pus supporter ce spectacle et tentai désespérément de me débarrasser de mes liens. Un coup de fouet me cingla le visage.

La douleur me plia en deux et j'eus l'impression qu'on m'écorchait vif.

« Inutile d'essayer de t'en tirer, John Sinclair ! me lança Esmeralda. Tu n'y parviendras pas, et notre vengeance s'accomplira quoi que tu fasses pour l'empêcher. Notre Seigneur et Maître attend ton âme avec une telle impatience que nous serions désolées de ne pas accéder à son désir, espèce de chien puant ! »

Je ne répondis rien, peu désireux de subir de nouveau le fouet. Elles nous avaient tous condamnés, je le savais depuis le début, mais j'ignorais encore quelle mort nous était réservée. Et, brusquement, je compris : elles nous feraient brûler vifs, puisque, jadis, les ancêtres des habitants de Kelgin leur avaient fait subir cet atroce supplice.

Les coups de fouets s'espaçaient. Les rameurs avaient dû trouver la cadence. Les sorcières circulaient néanmoins entre les rangs, n'hésitant pas à frapper les femmes et les enfants comme si elles se réjouissaient de leurs larmes et de leurs cris.

J'aurais voulu me boucher les oreilles pour ne plus les entendre. Je fixais l'horizon, révulsé par ce spectacle du sadisme le plus pur.

Ma croix réagissait fortement. Je la sentais au travers de ma poche, mais ne pouvais l'en extraire. La rage me prit. Je n'allais pas laisser ces horribles monstres nous torturer indéfiniment.

C'est alors que j'eus une idée.

Si, moi, je ne pouvais pas récupérer la croix, quelqu'un d'autre allait le faire à ma place.

Jerry Malt !

Il fallait d'abord attirer son attention et le faire venir jusqu'à moi. Dès qu'il aurait la croix en main, les sorcières ne pourraient plus rien contre lui et Malt me détacherait.

Je tentai d'abord d'accrocher son regard, mais il gardait presque toujours la tête penchée, comme indifférent à ce qui l'entourait.

Je me décidai à l'appeler.

Il ne m'entendit pas.

Je redis son nom plus fort, et quelques-uns des galériens levèrent les yeux vers moi. Pourvu que les sorcières ne fassent pas de même ! Mais elles semblaient m'avoir oublié.

« Malt, vous m'entendez ? »

Enfin, l'homme releva la tête. Son visage tuméfié me donna la nausée.

« Malt, dis-je d'un ton pressant. Venez jusqu'à moi. Nous avons peut-être une chance de nous en tirer. »

Ses lèvres bougèrent comme s'il voulait me répondre. Mais aucun son ne sortit de sa gorge et sa tête retomba sur sa poitrine.

Je me raidis contre le découragement qui menaçait soudain de m'envahir. Cet homme épuisé se considérait comme perdu. Je fis néanmoins une troisième tentative et je vis un long frémissement parcourir son corps supplicié. Il tourna de nouveau le regard dans ma direction. Un pauvre sourire glissa sur son visage douloureux.

« Oui, souffla-t-il. Oui, attendez, je vais... »

Il n'acheva pas sa phrase et commença à se traîner sur les genoux. Pourvu que les sorcières ne tournent pas la tête à cet instant ! Chaque seconde me parut durer une éternité. Le malheureux avançait avec une désespérante lenteur.

Il dut s'arrêter plusieurs fois, au bord de l'évanouissement. J'admirai son courage. La distance qui nous séparait diminuait lentement et les sorcières ne s'étaient toujours aperçues de rien.

Lorsqu'enfin il parvint à mes côtés, je poussai un profond soupir.

« Bravo ! Maintenant, un dernier effort. Prenez la croix qui se trouve dans ma poche gauche. Vite !

— La... poche... gauche, répéta-t-il non sans peine.

— Oui. »

Je sentis sa main contre ma hanche. Il s'était accroché à ma ceinture, mais semblait incapable de glisser ses doigts entre les cordes qui m'enserraient la taille. Il tâtonna, et ses gestes se firent plus précis...

Soudain, un bruit m'alerta. Des pas venaient vers nous !

Un cri de colère me glaça le sang.

Esmeralda se jeta sur Malt, l'empoigna par les épaules et enfonça ses ongles dans la chair de cet homme sans défense.

Je grinçai des dents. Quelques secondes encore, et c'était lui qui l'aurait soumise à sa volonté. Son hurlement de souffrance me rendit malade.

Il s'accrocha à ma poche comme un naufragé à une bouée. Mais l'autre était la plus forte. Elle le projeta violemment en arrière et j'espérai une seconde que le tissu cède, libérant la croix magique. Elle serait tombée sur le pont et tout, alors, serait devenu possible.

Mais ce fut Jerry Malt qui lâcha prise. Esmeralda, de toute évidence, avait compris la manœuvre et allait se venger en liquidant le malheureux sous mes yeux pour me faire bien comprendre que j'avais perdu la partie, que je n'avais jamais eu aucune chance de la gagner.

« Lâche-le ! criai-je. C'est moi qui l'ai appelé. Cet homme ne savait pas ce qu'il faisait. Je l'ai hypnotisé afin qu'il m'obéisse ! »

Esmeralda se tourna vers moi et je me sentis agressé par ses pouvoirs magiques. Ils fouaillaient mon esprit afin d'y briser toute volonté et je luttai pied à pied. Je parvins à résister grâce à ma croix.

« Tu te rendras ! grinça-t-elle entre ses dents. Tu te rendras à moi, chien ! Tu me supplieras de... »

Elle fut interrompue par ses sœurs qui s'étaient mises à couiner tant et plus tout en désignant la mer.

« Esmeralda, regarde ! Une barque vient droit sur nous ! »

La sorcière hésita quelques secondes, puis elle lâcha sa proie et courut au bastingage. Les galériens continuaient à ramer sans répit. Avaient-ils seulement compris ce qu'ils venaient d'entendre...

Je me dévissai le cou pour essayer de voir à mon tour, mais la barque arrivait dans mon dos et le mât m'empêchait de tourner la tête. Néanmoins, le ronronnement du moteur me parvint distinctement.

Et je compris.

Qui donc aurait osé s'approcher du vaisseau, sinon Bill et Pang Lim ? Mes deux compagnons n'avaient pas perdu de temps et avaient deviné que le navire se poserait sur la mer tôt ou tard. Ils venaient nous délivrer. Je sentis l'espoir renaître en moi et respirai plus librement.

« Brûlez le navire ! vociféra Esmeralda. Mettez le feu ! Des cendres, nous ne laisserons que des cendres ! »

Les sorcières formèrent aussitôt une ronde et de leurs mains je vis jaillir des flammes qui embrasèrent la voile au-dessus de ma tête.

Un cercle de feu m'environna.

Bill et Pang Lim arrivaient trop tard...

« Elles ont mis le feu au navire ! » répéta Kelly, qui emballa le moteur de sa barque.

A moint de cent mètres de là, l'ancienne galère allait subir le même sort que quelques siècles auparavant. Bill serra les poings de rage. Pang Lim hurla à Kelly :

« Plus vite !

— Impossible ! » gémit l'Irlandais.

Son visage était crayeux. La peur le tenaillait, mais pour rien au monde il n'aurait fait demi-tour. La petite embarcation plongeait dans le creux des vagues pour remonter aussitôt à l'assaut, la proue empanachée d'écume.

Le visage giflé par les paquets d'eau de mer, trempés des pieds à la tête, les deux amis de John fixaient le navire maudit, comme si le seul pouvoir de leur volonté pouvait en changer la destinée fatale.

Ils virent les galériens s'agiter en tous sens et tenter fébrilement de défaire les chaînes qui serraient leurs chevilles. Le feu les avait rendus à la vie.

Soudain, Bill et Pang Lim sentirent leur cœur s'arrêter.

La coque venait de s'embraser.

Le navire brûlait !

Où que je tourne la tête, il n'y avait que des flammes, des langues de feu qui couraient tout au long de la coque, semant la panique parmi les habitants de Kelgin, et illuminant le sabbat des sorcières qui dansaient sur le pont...

Cette danse remonte à la nuit des temps. Elle marque leur joie de voir mourir les ennemis. Esmeralda et ses sœurs s'enivraient du prélude à ma mort et à celle de dizaines d'innocents autour d'elles.

L'air devint bientôt irrespirable. Nous allions tous périr d'étouffement avant de brûler dans les flammes. J'ouvris la bouche pour emplir mes poumons à la limite de la suffocation. La voile, au-dessus de ma tête n'était plus qu'une immense torche. Des morceaux de toile calcinés pleuvaient sur le pont.

Le hurlement des habitants de Kelgin se mêlait au crépitement du brasier. C'était l'enfer. Eux aussi, les flammes les cernaient. Ils voyaient la mort approcher ; la plupart avaient renoncé à se libérer de leurs chaînes et suppliaient les sorcières qui leur répondaient par des éclats de rire sauvages.

Jerry Malt, rassemblant ses dernières forces, se traînait vers le bastingage dans l'espoir de se jeter à l'eau.

Je hurlai... Un morceau de toile enflammé, flottant au vent, m'avait frôlé le visage, me brûlant au passage et ravivant la douleur du coup de fouet.

L'horreur, la souffrance et la rage m'envahirent d'un seul coup. Je *devais* me libérer de mes liens ! Même si la mort m'attendait de l'autre côté du pont, je mourrais libre !

Les sorcières ne pensaient plus qu'à elles, à leur danse frénétique dédiée à Satan... C'était le moment.

Je me mis à gesticuler autant que je pus et je sentis peu à peu les cordes se relâcher.

Les diablesses dansaient toujours.

Macabres et grotesques, au milieu des flammes qui les caressaient sans les blesser, mais ô combien dangereuses !

L'incendie gagnait du terrain.

A présent, les deux mâts flambaient.

J'entendis craquer le bois, et bientôt la fumée fut telle que je perdis de vue les habitants de Kelgin. Mais je continuais d'entendre leurs cris.

Et je ne pouvais rien pour eux ! Mais que faisaient donc Bill et Pang Lim ! Ils auraient dû aborder depuis longtemps. Pourquoi n'essayaient-ils pas de créer une diversion en tirant quelques balles ?

Et brusquement, je fus libre.

Un vertige m'éblouit et je tombai à genoux. La fumée, la chaleur — je sentis la tête me tourner. Mais l'instinct de la vie fut le plus fort. Je me secouai. Réagir avant que ces maudites sorcières ne découvrent que je m'étais libéré de mes liens...

Trop tard ! Elles m'avaient vu. Peut-être même avaient-elles assisté à tous mes efforts. Je trouvai la force de me remettre sur mes pieds et d'avancer, chancelant, à leur rencontre. A chaque inspiration, mes poumons étaient un peu plus douloureux. J'avais l'impression que du plomb fondu coulait dans ma poitrine.

Au milieu des flammes, Esmeralda se détacha, immense tout à coup. Je passai la main sur mon front dégoulinant de sueur. La sorcière tenait quelque chose à la main.

Le temps de comprendre et elle était sur moi, les bras levés au-dessus de la tête. Déjà, la rame fauchait l'air. Je levai la main, sans doute trop tard.

C'est alors que j'entendis le claquement...

« Attention ! cria Bill. Ce n'est pas le moment de chavirer ! »

La barque de Kelly venait de se ranger contre la coque du vaisseau fantôme, ou plutôt, tentait de s'y coller, car la houle continuait à se jouer d'elle.

Bill voulut agripper le bastingage, mais une vague sépara les deux embarcations et il manqua tomber à la mer. Pang Lim parvint à le rattraper et les deux hommes roulèrent au fond de la barque.

Ils furent aussitôt sur pied, tandis que Kelly faisait une nouvelle tentative. Cette fois, ils eurent davantage de chance et, profitant de la crête d'une vague qui les porta à hauteur du pont de la galère, Bill et Pang Lim sautèrent dans la fournaise.

Bill crut que ses poumons allaient exploser. D'un geste instinctif, il dégaina son Beretta et tira le boomerang d'argent de sa ceinture.

Un instant désorienté, il chercha John des yeux.

« Là ! » cria Pang Lim en désignant deux silhouettes à travers un rideau de flammes et de fumée.

John, titubant, tentait de faire face à une sorcière armée d'une gaffe. Bill comprit que son ami n'avait aucune chance.

D'un geste réflexe, il lança le boomerang.

Je m'étais résigné à mourir lorsque je vis passer dans mon champ visuel un éclair argenté. Et puis il y eut le claquement.

La vision ne dura qu'une fraction de seconde, mais j'en frémis encore, tant j'ai l'impression de l'avoir vécue au ralenti. Le boomerang coupa net la gaffe que tenait la créature de Satan, puis, tournoyant sur lui-même, la décapita.

Je n'eus plus en face de moi qu'un torse qui se dressa encore quelques secondes sur ses jambes, tandis qu'une vapeur jaunâtre s'échappait de la plaie béante.

« John ! » hurla une voix que je reconnus aussitôt pour celle de Bill.

A peine eus-je le temps de me retourner vers mes amis, ils étaient sur moi et me serraient dans leurs bras. Ils m'entraînèrent aussitôt vers le bastingage, à un endroit encore relativement épargné. Je me laissai faire, faible et gémissant comme un enfant malade.

Je me penchai par-dessus la lisse pour avaler goulûment un peu d'air respirable. Je sentis que Bill m'arrachait quelque chose des mains.

C'était ma croix.

Je l'avais sortie instinctivement de ma poche, mais ma faiblesse était telle que je n'avais pas songé à m'en servir contre la sorcière. Mes deux amis allaient devoir se débrouiller sans moi, car je n'étais plus en état d'affronter qui que ce soit et surtout pas ces diablesses hystériques.

Bill et Pang Lim le comprirent et, constatant que j'étais hors de danger, passèrent à l'action.

Ils avaient déjà marqué un point capital en nous débarrassant d'Esmeralda.

Le boomerang d'argent était resté sur le pont et les sorcières n'avaient pas osé le ramasser.

L'une d'elles hésita, fit trois pas, mais dut aussitôt reculer en poussant un cri de douleur et de rage... pour se trouver nez à nez avec Pang Lim.

Le Chinois brandissait une de ses armes les plus redoutables : le fouet à démons à trois lanières. Il frappa sans lui laisser le temps de réagir. Le fouet la cingla. La sorcière poussa un hurlement rauque, recula en titubant et bascula par-dessus bord. Je la vis couler instantanément pour ne plus refaire surface.

Une de moins !

Pang Lim blessa une autre de ses compagnes d'une balle d'argent dans le ventre. La diabolique créature trouva encore la force de se ruer en avant, mais le fouet stoppa net son cri de rage. Je la vis partir en fumée...

Les deux survivantes s'étaient réfugiées sur le château arrière. Pang Lim visa, mais n'eut pas le temps de tirer. Le mât d'artimon, rongé par l'incendie, s'écroula au même instant, écrasant le château et les deux sorcières.

Une fois débarrassés des cinq créatures, Bill et Pang Lim purent enfin s'occuper de l'incendie qui menaçait d'anéantir le navire et les malheureux habitants de Kelgin, toujours enchaînés sur les bancs des galériens.

Kelly survint alors avec deux seaux dénichés au fond de sa barque et tous trois s'activèrent pour lutter contre les flammes. Par chance, les paquets d'eau de mer firent la plus grande partie du travail. Le navire que personne ne se chargeait de contrôler prenait la houle de travers et le pont était maintenant inondé presque en permanence.

Par le plus grand des hasards, j'aperçus soudain une des sorcières, réchappée sans doute de l'incendie du château et se faufilant hors des ruines. La diablesse s'en sortait bien. Mes compagnons ne l'avaient pas remarquée.

Il n'était pas question de la laisser retourner chez Satan.

Je dégainai mon Beretta, visai et la touchai au moment même où elle sautait par-dessus bord. Elle tomba à l'eau, qui l'engloutit aussitôt.

Cette fois, nous étions vraiment sauvés !

Quelques minutes plus tard, l'incendie était à moitié maîtrisé. Les habitants de Kelgin, affalés sur leurs bancs, n'arrivaient pas à croire que leur cauchemar était terminé, et il nous fallut de longues minutes pour les rassurer tout à fait.

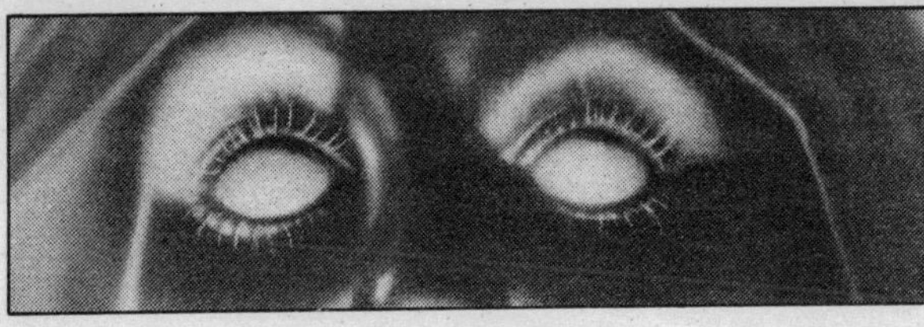

ÉPILOGUE

Satan fut le grand perdant dans cette affaire. Aucune âme ne tomba dans son escarcelle, pas même celle de Jerry Malt, qui survécut.

Certes, la plupart des malheureux embarqués de force à bord du vaisseau fantôme étaient en piteux état. Beaucoup souffraient de brûlures ou d'un début d'asphyxie, mais aucun ne mourut.

Le problème le plus urgent était de ramener le navire vers la côte, et ce ne fut pas une mince affaire, car les mâts et les voiles étaient complètement calcinés, les courants et la houle nous entraînaient vers le large, et plus personne n'était en mesure de manier les lourdes rames.

Kelly proposa finalement de regagner la côte avec sa barque et d'aller chercher du secours. C'était en effet la meilleure solution.

Une demi-heure plus tard, deux bateaux arrivaient à la rescousse. Le transbordement des habitants de Kelgin se fit dans les moins mauvaises conditions possibles, même si la houle s'acharnait encore contre nous.

A un moment, Jerry Malt m'appela près de lui. Il était assis contre un bastingage et semblait, malgré ses blessures, reprendre peu à peu goût à la vie.

« Monsieur Sinclair, me demanda-t-il, êtes-vous buveur de whisky ?

— Ça m'arrive.

— Alors, je vous en ferai envoyer une caisse... »

Il ne put achever sa phrase et s'évanouit. Bill s'approcha tandis que j'allongeais confortablement le malheureux représentant de commerce, qui ne tarda d'ailleurs pas à rouvrir les yeux.

« Tu as une sacrée veine, toi ! me souffla à l'oreille mon vieux compagnon.

— Tu crois ?

— Ben oui... Mais la prochaine fois, essaie de sauver la vie à un négociant en cognac. Ça nous changerait... »

JOHN SINCLAIR

chasseur de

SPECTRES

226 LE TRÉSOR DES DRUIDES — Jason DARK

Le visage de l'inconnu demeurait impassible. Aucune lueur ne brillait dans son regard.
J'avais en face de moi un des redoutables Hommes en Gris !
Il ouvrit lentement la main. Quelque chose de vert brillait entre ses doigts.
Une pierre... Une pierre druidique !
Je fus aussitôt projeté dans un tourbillon d'une violence inouïe. La voix de l'Homme en Gris résonna au loin :
« Celui qui cherche à s'emparer du Trésor des druides doit mourir ! »

227 ZOMBIES SUR LA PLACE ROUGE — Jason DARK

Instinctivement je levai la valise à hauteur de mon visage pour me protéger. J'entendis la lame de la scie déchirer le cuir.

Mon adversaire se déplaçait avec une rapidité surprenante tout en exécutant des moulinets avec son arme redoutable. Mais il restait étrangement silencieux, pas le moindre souffle, pas le moindre cri.

A vrai dire, il ne donnait même pas l'impression de respirer...

Comme d'habitude, les agents secrets étaient bien informés. Les zombies avaient donc envahi l'Union Soviétique.

228 NOCES D'HORREUR Jason DARK

Il ouvrit lentement le sarcophage. Ses cheveux se dressèrent sur sa tête et son visage devint blême.

« Ce… ce n'est pas possible, bredouilla-t-il. C'est pourtant ce que je craignais !

– Oui. Mais malheureusement pour vous, cela doit rester secret », répondit soudain une voix rauque et haineuse dans son dos.

La lame du couteau s'abattit violemment.

Personne ne devait savoir que la pauvre Hélène allait épouser un loup-garou…

229 DESTERO,
LE BOURREAU DU DIABLE Jason DARK

La troisième chambre des mille tortures portait bien son nom. Je compris pourquoi personne n'en était jamais ressorti.

C'était à mon tour d'y pénétrer...

Je distinguai des taches brunes sur le sol : du sang séché ! J'eus un haut-le-cœur, mon voyage au bout de l'horreur allait se terminer ici.

La voix sardonique d'Asmodée, la fille du diable, résonna tout à coup :

« Bienvenue dans l'antichambre de l'Enfer, John Sinclair ! »

230 LA DÉESSE DE LA MORT Jason DARK

Un bruit fit sursauter l'archéologue. Il n'eut pas le temps de réagir. Cinq doigts se refermèrent sur son bras, si durement qu'il poussa un cri.

Il comprit aussitôt qu'il s'était jeté dans la gueule du loup. Son obstination allait lui être fatale.

La statue de Kali était vivante !

Malheur à celui qui avait osé profaner le temple de la déesse de la Mort.

231 LES YEUX DU BOUDDHA D'OR Jason DARK

La gigantesque statue du Bouddha sembla soudain animée par une terrible force interne et parut agitée de frémissements.
C'est alors qu'elle leva le bras.
L'intrépide voleur sentit une ombre passer au-dessus de lui. Son hurlement de terreur résonna à travers le temple et cessa brusquement lorsque la lourde main de la divinité s'abattit sur sa tête...
La malédiction du Bouddha d'or venait de frapper une nouvelle fois.

232 LA DISCOTHÈQUE DU VAMPIRE Jason DARK

Helga eut l'impression que des mains invisibles la forçaient à se retourner pour contempler le mur de la discothèque.
Le spectacle qu'elle découvrit la glaça d'horreur.
Une sorte d'image s'incrustait dans la pierre. Celle d'un homme et de deux femmes à la peau flétrie et au regard menaçant surgis d'un lointain passé.

233 GOULES À MANHATTAN Jason DARK

Xorron, la terrible créature de Satan, prononça les paroles incantatoires. L'effet fut immédiat.
Des goules au corps spongieux et des zombies à moitié décomposés se mirent à s'agiter dans leurs tombes.
Puis les monstres affamés surgirent à l'air libre et se regroupèrent autour de leur maître et créateur.
L'armée de l'épouvante était enfin rassemblée.
La sanglante invasion de New York allait pouvoir commencer...

234 VAMPIRES EN PIRE Jason DARK

Je me faufilai dans le fourgon à bagages.
Les cinq cercueils étaient bien là, correctement alignés. Peints en noir, luisants et... ouverts!
Les ignobles créatures de la nuit avaient quitté leur macabre refuge pour se disperser dans le train, bien décidés à transformer tous les pauvres voyageurs en monstres avides de sang.
La partie promettait d'être rude.
Un vampire ça va, cinq vampires... bonjour les dégâts!

235 LES ROBOTS DE SATAN Jason DARK

Ricardo regarda le personnage sculpté qu'il tenait dans sa main. La figurine semblait vouloir s'animer.
Elle vibrait.
Une force inconnue s'était emparée de la poupée de bois.
Ricardo éprouva alors un sentiment de frayeur. Il comprit que les forces sataniques ne connaissaient pas de limite. Ses mains d'artiste avaient été créées par le Diable en personne pour sculpter des statues de mort...

IMPRIMÉ EN FRANCE PAR BRODARD ET TAUPIN
Usine de La Flèche, 72200.